U0009406

LOCUS

LOCUS

LOCUS

LOCUS

mark

這個系列標記的是一些人、一些事件與活動。

mark 48
在天堂遇見的五個人
作者：米奇・艾爾邦（Mitch Albom）
譯者：栗筱雯
責任編輯：陳郁馨
封面設計：何萍萍
出版者：大塊文化出版股份有限公司
105022台北市松山區南京東路四段25號11樓
www.locuspublishing.com
讀者服務專線：0800-006689
TEL：(02)87123898　FAX：(02)87123897
郵撥帳號：18955675　戶名：大塊文化出版股份有限公司
法律顧問：董安丹律師、顧慕堯律師

總經銷：大和書報圖書股份有限公司　地址：新北市新莊區五工五路2號
TEL：(02) 89902588　FAX：(02) 22901658
排版：天翼電腦排版印刷有限公司　製版：源耕印刷事業有限公司
初版一刷：2004年11月
二版一刷：2004年11月
二版80刷：2023年10月

定價：新台幣250元
Printed in Taiwan

The Five People You Meet in Heaven

在天堂遇見的五個人

Mitch Albom⊙著

栗筱雯⊙譯

本書謹獻給艾德華·拜許曼（Edward Beitchman），他是我摯愛的舅舅，是他給了我天堂的最初概念。每年感恩節聚餐的時候，他總會說起某天夜裡他在醫院裡醒來，看見那些死去的親人摯友的靈魂坐在他病床邊，等待著他。我從來沒有忘記這個故事。也從來沒有忘記他。

關於什麼是天堂，人人有一套見解，多數的宗教也都有一套說法；而所有的想法都應當受到尊重。本書所呈現的天堂，只是我的一種推測和一份心願；願我的舅舅和其他與我舅舅一樣的人們——這些自認爲在世間微不足道的人們，最終可以領悟到自己是如此重要，自己是如此被別人愛著。

結局

這個故事的主角，是個名叫艾迪的男人。故事的開始就是結局：艾迪在光天化日之下死去。一個故事從結局開始說起，可能有些奇怪；不過，所有的結局也都是開始。只是在發生的當下我們不曉得。

艾迪度過人生最後一個鐘頭的地方，也是他度過這輩子大多數時光的地方。那是在「露比碼頭」，一座傍著灰暗大海的遊樂園。遊樂園裡的設施很常見，有木板步道、摩天輪、雲霄飛車、碰碰車、賣太妃糖的攤子，還有一個遊戲場，在那裡可以往小丑的嘴巴裡噴水柱。這裡另有一項新的設施，叫做「佛萊迪自由落體」，此處將會是艾迪送命的地點，他將會死於一樁登上報紙「國內大事」版面的意外。

艾迪去世的時候是個矮胖的白髮老人，脖子短短，胸膛胖胖，胳臂厚實，右肩上並且有一塊褪色的軍隊刺青。如今他的雙腿細瘦而佈滿青筋，昔日在戰爭中受過傷的左膝，現在因爲關節炎而報廢了。他走路時拄著手杖。這老人有一張寬闊的臉，被太陽曬得粗礪而風霜。尖尖的鬍渣與微微戽斗的下巴，使得他看起來比實際上驕傲一點。他老是在左耳上放著一根香菸，在腰間皮帶掛著一串鑰匙。他穿膠底鞋，戴一頂老舊的麻質小圓帽。他身上的淺棕色制服暗示了他是個工人，事實上他就是個工人。

艾迪的職務是「維修」，主要工作是維護遊樂設施的安全。每天下午，他會巡一趟遊樂園，從「旋轉升降車」到「管線俯衝車」，一項一項察看。他檢查有沒有木板裂開，有沒有螺絲鬆脫，有沒有鋼片磨損。他有時候會停下腳步，眼神呆滯，路過的人以爲出了什麼事；其實他只是在全神貫注聆聽罷了。這麼些年下來，他憑耳朵就聽得出有沒有問題，從器械的嘰軋嘰軋聲和空隆空隆聲中聽出端倪。

在人世的最後五十分鐘，艾迪最後一次巡視「露比碼頭」。他經過一對年老的夫婦身邊。「兩位好。」他含糊打了招呼，輕輕碰了碰帽子示意。對方基於禮貌，點了點頭。遊客都認識艾迪。至少常客認得他。每年夏天，大家都會看到他，那是一張讓人聯想起某個地方的臉孔。他的工作衫的胸口部位縫了一塊貼布，布上繡著「艾迪」，名字下方則是「維修」二字。有時候大家會說：「嗨，艾迪・維修先生，你好呀。」不過艾迪從來不覺得這有什麼好笑。

今天是艾迪的生日，八十三歲生日。上個星期醫生告訴他，他身上長了帶狀泡疹。帶狀泡疹？艾迪根本不知道那是啥玩意兒。曾經，他身強力壯，兩隻手臂可以各拎起一匹旋轉木馬上的馬匹。那是好久以前的事了。

「艾迪！」……「帶我去，艾迪！」……「帶我去嘛！」

距離他的死亡還有四十分鐘。艾迪穿過排成長龍的隊伍，來到雲霄飛車前。每個星期，他都會搭坐所有的遊樂設施至少一次，確定煞車正常，操作功能穩當。今天是雲霄飛車日——他們把園裡的雲霄飛車叫做「幽靈飛車」。認得艾迪的孩子們個個大聲嚷嚷，吵著要跟他一起兜風。

孩童們喜歡艾迪。但青少年就免了，青少年讓他傷腦筋。多年來，艾迪自認看盡各式各樣游手好閒、大呼小叫的青少年。可是孩童不一樣。孩童們看到艾迪——看他的戽斗下巴總是一副就要笑出牙齒的樣子，好像海豚——他們看到艾迪就信任他，就靠近他，像冷冰冰的手掌想靠近火堆取暖。孩童們抱著他的腿，把玩他身上的鑰匙。大多數的時候，艾迪嘴裡咕噥兩句，從來也不多說。他自忖，孩子們喜歡他，是因爲他的話不多。

於是，艾迪在兩個頭戴棒球帽、帽沿往腦勺後面拉的男孩頭上拍了拍。兩個小傢伙火速跑到車廂邊，翻爬了進去。艾迪把他的手杖交給服務員，慢慢坐進兩個小傢伙中間。

「出發……出發嘍！」一個小男孩長聲尖叫著，另一個男孩則把艾迪的手臂拉過來，往自己的肩膀上放。艾迪把安全槓放低至大腿處，喀—喀—喀—喀，這串列車往上爬去。

有一樁關於艾迪的小故事是這樣的。他小的時候就在這個碼頭長大，有一次碰上了巷弄裡有人打群架。五個住在皮特金大道上的孩子把他的哥哥喬圍住，逼到了角落，準備給他一頓好打。艾迪在一條街外坐在門階上啃三明治，聽見了哥哥的慘叫聲。他跑進巷子裡，抓了一個垃圾桶蓋，讓兩個男孩進了醫院。

之後，哥哥喬好幾個月不跟他說話；他覺得丟臉。喬是老大，是家裡的第一個孩子，但是出手跟人打架的是艾迪。

「再讓我們坐一趟好不好，艾迪？拜託啦？」

還有三十四分鐘可活。艾迪把安全槓鬆開，給了兩個小傢伙一人一根棒棒糖，取回他的手杖，然後一拐一拐走向維修工作房，躲避炎夏熱浪，乘個涼。假如他曉得自己的死期不遠，他也許會去別的地方。不過，他就和我們所有人一樣，繼續做著乏味的例行公事，彷彿明天之後還有明天。

工作房裡有個工人，是個瘦長而顴骨突出的年輕小伙子，名叫多敏蓋茲。他正在溶劑槽邊，爲輪子清除油污。

「嗨，艾迪。」他說。

「嗨，阿多。」艾迪說。

這個工作房有鋸木屑的味道。陰暗，狹窄，天花板低矮，木板牆上掛著鑽子、鋸子和鎚子。遊樂設施的零組件四散各處：壓縮機、發動機、安全帶、燈泡、海盜人偶的頭。有一面牆邊整整齊齊堆著咖啡罐，罐裡分別裝著釘子或螺絲，另一面牆邊則堆放著一桶又一桶的潤滑油。

要讓艾迪來說的話，爲軌道上油比洗盤子更不花腦筋；唯一的不同之處在於，油上得越多，你身上就越髒，而不是變乾淨。艾迪做的就是這一類的差事：上油，調整煞車，旋緊螺栓，檢查儀表板。多少次，艾迪渴望離開這個地方，找個不一樣的工作，過個不一樣的人生。然而，戰爭來了。他的人生計畫從來沒有實現。最後艾迪發現自己髮鬢逐漸灰白，長褲越穿越寬垮；他無奈，只好承認自己就是這樣了，以後也永遠這樣了。一個鞋裡有沙子的人，活在一個與呆板的笑聲和烤香腸為伍的世界裡。他就像他父親，就像他工作衫胸前的繡布，艾迪就等於維修——維修單位的老大，或者像孩子們有時候叫他的：「露比碼頭的兜風俠」。

還剩三十分鐘。

「嘿，我聽說了，生日快樂啊。」多敏蓋茲說道。

艾迪咕噥了一聲。

「沒辦慶生會之類的嗎？」

艾迪看著多敏蓋茲，把他當神經病。有那麼一會兒，他心想，在一個有棉花糖氣味的地方終老，感覺還眞奇怪啊。

「噢，別忘了啊，艾迪，下個星期我休假，從星期一開始。我要去墨西哥。」

艾迪點點頭。多敏蓋茲跳了幾個舞步。

「我跟泰瑞莎一道去。回去看看全家人。要去玩—玩—玩嘍。」

他注意到艾迪盯著他瞧，於是停下舞步。

「你去過嗎？」

「去哪？」

「墨西哥呀？」

艾迪從鼻管裡哼出一口氣：「小子，我除了當年背著槍被人送上戰場以外，哪兒都沒去過。」他看著多敏蓋茲走回水槽邊。他想了一會兒。

然後，艾迪從口袋裡拿出一小捲鈔票，從中抽起僅有的兩張二十元紙鈔。

他把兩張鈔票伸過去：「去給你老婆買些好東西。」

多敏蓋茲盯著鈔票，臉上突然亮起大大的笑容，說：「不會吧，老兄。你確定？」

艾迪把錢塞進多敏蓋茲的手掌心裡。

然後他走出去，回到儲藏區。木板步道上多年前就鑿出了個小小的「釣魚洞」，艾迪拔起洞口的塑膠蓋，用力拉起一條垂入海中二十幾公尺的尼龍線。末端那一小片香腸還在。

「釣到什麼了嗎？」多敏蓋茲喊：「快告訴我，我們一定釣到了什麼東西吧！」

艾迪不懂這傢伙怎麼會如此樂觀。那根尼龍線從來沒釣上過半點東西。

「總有一天，」多敏蓋茲喊道：「我們會釣到一條大比目魚的！」

「是啊。」艾迪低聲說。不過他曉得，從這麼小一個洞，不可能拉出那麼大一條魚。

還有二十六分鐘可活。艾迪走過木板步道，來到遊樂園的最南端。生意清淡。賣太妃糖的女孩把雙肘支在櫃臺上靠著，嘴裡的泡泡糖嘖嘖作響。

「露比碼頭」曾經是夏天的熱門去處。有大象，有煙火，還有馬拉松式的舞蹈比賽。但如今人們不怎麼來濱海碼頭地帶走動了；他們改去主題樂園，花七十五塊錢美金買一張入場券一票玩到底，然後跟一隻毛茸茸的巨型人偶合影留念。

艾迪一跛一跛走著，經過了碰碰車區，看見一群青少年上半身越過了欄杆。眞準哪，艾迪對自己說，我眞是特地來等這個的。

「退後，」艾迪用手杖敲了敲欄杆：「快退後。這樣不安全。」

那群青少年瞪著他。碰碰車的細長桿子因爲接了電而嘶嘶作響，發出吱吱啪啪的聲音。

「這樣不安全。」艾迪又說了一次。

青少年互相看了看。其中一個孩子的頭髮染了一撮橘色，對艾迪冷笑一聲，然後踏上中間的軌道。

「快啊，各位笨蛋，來撞我呀！」他對著那幾位年輕駕駛員叫道：「來撞——」

艾迪拿起手杖，猛烈敲著欄杆，只差沒把欄杆劈成兩半：「閃一邊兒去！」

這群大孩子跑走了。

關於艾迪還有一樁小故事可說。當年他在戰場上參與過無數戰鬥，驍勇無比。甚至還獲頒一枚勳章。可是他在快要退伍的時候跟一個弟兄打了一架。艾迪的傷就是那次打架留下的。沒有人曉得另一個傢伙怎麼樣了。

沒有人問起。

人生在世還有十九分鐘，艾迪最後一次坐進一張老舊的鋁製海灘椅。他那雙短而厚實的臂膀交疊在胸前，像個海豹把雙鰭交抱。他的雙腿被陽光曬得通紅，左膝蓋上的傷疤露了出來。事實上，艾迪的四肢與軀幹都顯示了他經歷過磨難。他的手指，拜各式各樣的機械活兒所造成的無數次骨折之賜，彎曲成奇怪的角度。他的鼻子，在他叫做「酒店打架」的事件中被打斷過好幾次。他那張有著寬闊下巴的臉龐可能曾經相貌堂堂，好比職業拳擊手在還沒有挨太多拳之前可能曾有的俊俏模樣。

如今艾迪看起來只是一臉疲態。這張海灘椅是他在「露比碼頭」木板步道上的固定位置，就位在「長耳大野兔」雲霄飛車後方。這個地點在一九八〇年代設置的是「霹靂飛車」，七〇年代是「鋼鰻飛車」，六〇年代是「棒棒糖旋轉鞦韆」，五〇年代是「黑暗列車」，在此之前則是「星塵快艇」。

這兒，是艾迪遇見瑪格麗特的地方。

每個人的生命裡都有一幅代表眞愛的畫面。對艾迪來說，這段畫面出現在一個大雷雨過後的溫暖九月夜晚。那晚，木板步道濕漉漉的，積著雨水。她穿一件黃色的棉質連身洋裝，秀髮上夾著一枚粉紅色的長髮夾。艾迪沒怎麼說話。他實在太緊張，覺得自己的舌頭彷彿跟牙齒黏在一塊兒了。他倆隨著音樂起舞，那是「長腿狄萊尼與沼澤管弦樂隊」的演奏曲。他買了一杯檸檬汽水給她。她說，她要走了，免得她父母親發脾氣。她離去的時候，轉過身，揮了揮手。

那就是他的眞愛畫面。在此後的大半輩子裡，艾迪只要一想起瑪格麗特，眼前總會浮現那一刻：她把手舉到肩膀上方，揮著，她深色的秀髮滑了下來，遮住一隻眼睛——這時候，他總會感受到與那一刻相同的澎湃愛意。

那個晚上，他回到家，把哥哥搖醒。他告訴哥哥，他遇見了他想娶回家的女孩。

「去睡覺啦，艾迪。」他哥哥呻吟道。

唰——唰—唰。一道海浪在沙灘上碎開。艾迪喉頭湧上一股他不想見到的東西。他把它吐掉。

唰——唰—唰。他以前常常想起瑪格麗特，如今沒那麼常想起她了。她像一道被舊繃帶裹住的傷口，而他已逐漸習慣了這個舊繃帶。

唰——唰—唰。

什麼是帶狀泡疹？

唰——唰—唰。

還剩十六分鐘可活。

沒有哪一個故事是單獨存在的。有時候，故事與故事會在轉角相遇；有時候，一個故事會疊上另一個故事，像河床底下的石頭層層疊起。

艾迪的故事，在結尾的地方碰上了另一個看似單純的故事，那是好幾個月前的事了——一個多雲的夜晚，有個年輕男子與三個朋友一起來到「露比碼頭」。

這個年輕人名叫尼基，剛剛學會開車，還不太習慣在身上帶著一串鑰匙鍊。於是他把那支車鑰匙取下，放進他的外套口袋裡，然後把外套綁在腰上。

接下來幾個小時，他與朋友玩遍了園裡所有的高速遊樂設施：「飛速獵鷹」、「急速水船」、「佛萊迪自由落體」，還有「幽靈飛車」。

「把手舉到空中！」其中一人喊道。

他們全都把手舉向空中。

後來，天黑了，他們回到停車場，玩得很累，但一行人笑聲不斷，從紙袋裡拿出啤酒來喝。

尼基把手伸進外套口袋裡。他摸遍了整件外套，然後罵了髒話。

鑰匙不見了。

距離他的死亡還有十四分鐘。艾迪用手帕擦去眉毛上的汗水。遠處，鑽石般的陽光在海面起舞。艾迪注視著粼粼波光。他的雙腳自從戰爭後就不聽使喚了，然而，當年在「星塵快艇」那處地方與瑪格麗特跳舞的時候——那時候，艾迪的儀態仍然很不錯。他閉上雙眼，允許自己想起那首讓他倆相擁起舞的歌曲，茱蒂・迦蘭（Judy Garland）在電影裡面唱的那首歌。歌曲的旋律、浪花形成的雜音、小朋友在雲霄飛車上的尖叫聲，在他腦子裡混在一塊兒。

「你讓我愛上了你——」

唰——唰——唰——

「——不想愛上你，當初我不想——」

嘩——啪沙——

「——讓我愛上了你——」

咿——呀！

「——一直都明白，一直都——」

啪唰——

「——明白……」

艾迪感覺著瑪格麗特放在他肩上的那雙手。他摁壓了雙眼，想把回憶再拉近一些。

還有十二分鐘可活。

「對不起。」

一個小女孩，大概八歲大吧，站在他面前，擋住了陽光。她一頭捲捲的金髮，穿著夾腳拖鞋，牛仔短褲的褲腳鬚鬚毛毛的，上身是萊姆綠色的T恤，胸前印著卡通鴨圖案。

艾迪在想，她的名字是艾美吧。嗯，艾美或者安妮。今年夏天她常常來玩，不過艾迪從來沒看過她的媽媽或爸爸。

「對不起。」她又說了一次：「你是艾迪・維修先生嗎？」

艾迪嘆了口氣：「叫我艾迪就好。」

「艾迪？」

「嗯？」

「你可不可以幫我……」

她把雙手交握，像是在祈禱。

「有話快說，小朋友。我沒那麼多閒工夫。」

「你可以幫我做一隻動物嗎？拜託你？」

艾迪把眼睛往上一翻，一副他必須考慮考慮的模樣。然後，他把手伸進上衣口袋，拉出三根黃色的煙斗通條，這是他隨身攜帶用來清理煙斗用的工具，是一種細鐵絲外包著棉絮的東西。

「太棒了！」小女孩說道，拍拍手。

艾迪開始摺。

「妳爸爸媽媽在哪裡？」

「坐雲霄飛車去了。」

「沒帶妳一起去坐嗎？」

小女孩聳聳肩：「我媽是跟他男朋友一起坐。」

艾迪兩眼往上一翻。噢。原來。

他把三根煙斗通條彎摺成好幾個小小的迴圈，然後把迴圈彼此扭在一起。他的手會抖，所以花的時間比以前久了一些，不過還是很快就摺出了頭、耳朵、身軀和尾巴。

「是兔子嗎？」小女孩問道。

艾迪擠了擠眼睛。

「謝謝謝謝！」

她蹦蹦跳跳離開了，消失在孩子們玩得樂不思蜀的那個地方。

艾迪擦擦自己的額頭，然後閉上眼，往海灘椅裡一坐，想讓那首老歌重回他的腦海。

一隻海鷗飛過他的頭上，嘎嘎叫著。

人會如何決定在死之前的最後一句話要說什麼呢？知不知道這些話語的嚴肅性質？人都註定了會說出睿智的話嗎？

艾迪到了八十三歲生日這天，他的至親所愛都不在了。有些是年紀輕輕就死了，有些則是老來因爲疾病或意外而送了命。在這些人的葬禮上，艾迪聽著前來弔唁的人回憶起自己與死者的最後對話，有人會說：「他好像知道自己就要死了……」

艾迪從來不吃那一套。就他看來，死期說來就來，人說走就走，就是這樣。你走的時候也許會說出些瀟灑漂亮的話，但也有可能輕易就冒出幾句蠢話。

根據紀錄，艾迪這輩子說的最後一句話是：「退後！」

以下是艾迪在世的最後幾分鐘裡所包含的聲音：海浪衝刷。遠處傳來搖滾樂的重節奏。小型雙翼飛機引擎隆隆作響，機尾拖著一幅廣告。以及這句：

「噢，天哪！快看！」

艾迪覺得眼珠子快跳出眼皮外了。多年來，他聽熟了「露比碼頭」的每一聲每一響，就算聽著這些聲響睡覺他也能把它們當作搖籃曲。

但這個聲音聽起來不像搖籃曲。

「噢，天哪！快看！」

艾迪立刻直起身子。一個胳臂胖到擠成了肉窩的女人，手抓一枚購物袋，伸手一指，尖聲大叫。她周圍的一小群人都把眼睛往天空方向看去。

艾迪一眼就看到了。

在「佛萊迪自由落體」這個以高速落地作爲刺激的設施上端，有一節車廂以某個角度傾斜著，像是要把車廂裡的東西往外拋的樣子。車廂裡有四名乘客，兩男兩女，只靠胸前的安全槓支撐著，看起來手足無措。

「噢，天哪！」這胖女人大聲嚷道：「那些人！他們會摔下來的啦！」

艾迪腰帶上的無線電對講機傳來一個聲音吼著：「艾迪！艾迪！」

他按下通話鈕：「我看到了！快叫保全人員來！」

人群從海灘那邊湧過來，指指點點，彷彿演練過這個場面。看哪！在天上！遊樂設施變成魔鬼了！艾迪抓起手杖，大踏步走向把設施的基座所圍起來的安全柵欄，身上的一大串鑰匙頂著他屁股叮噹作響。他心跳急速。

本來，「佛萊迪自由落體」會以令人胃部翻騰的速度，讓兩個車廂往下墜落，一直到最後一秒才以液壓氣體讓車廂停止運動。現在，怎麼會有一節車廂不聽話，變成那副樣子呢？那節車廂傾斜的位置，距離上層平台的底部只有幾呎，看起來好像它確實原本是要往下降，卻突然改變心意了。

艾迪到了安全柵門邊，氣喘吁吁，多敏蓋茲跑了過來，差點兒撞上了他。

「聽我說！」艾迪抓住多敏蓋茲的肩膀說道。他握得實在太緊了，多敏蓋茲露出疼痛的表情。

「聽我說！有誰在那上頭？」

「威利。」

「好。他應該已經按下了緊急停止按鈕，所以車廂才會懸在那兒。你爬梯子上去，叫威利用手解開安全帶，那些乘客才有辦法出來。懂嗎？

「安全帶在車廂的後面，所以，在他彎身出去解開安全帶的時候，你必須抓牢他。聽到沒？然後……然後你們兩個——我是說你們兩個要一起，不是一個人去，聽到沒？——你們兩個要把乘客救出來！你和威利要一個人抓牢另一個人！有沒有聽懂！？……懂嗎？」

多敏蓋茲猛點頭。

「然後，讓那節可惡的車廂降下來，這樣我們才能搞清楚到底發生了什麼事！」

艾迪的腦袋轟轟作響。他所工作的這座遊樂園雖然不曾發生過重大事故，不過這個行業裡的嚇人故事他還是聽說過幾個。有一次在布萊頓，一艘吊船上有顆螺栓鬆開了，害得兩個人活活摔死。又一次在「仙境樂園」，有個男子試圖徒步穿越雲霄飛車的軌道，誰知他摔了跤，胳肢窩以下卡在軌道上，動彈不得。他大聲慘叫，但一列飛車朝著他急速衝來，結果……哎，那次是最恐怖的事故。

艾迪把這些想法都趕走。此刻有一大群人圍在他身邊，手摀著嘴，看著多敏蓋茲攀上梯子，往上去。艾迪在腦中想著「佛萊迪自由落體」的內部結構。引擎。汽缸。液壓系統。密封墊。鋼索。車廂怎麼會鬆脫呢？他在腦中描繪整座自由落體的模樣，從那四個在高處嚇壞了的乘客往下看，看到升降機井，往下看到底座。引擎。汽缸。密封墊。液壓系統。鋼索……

多敏蓋茲爬到上層平台了。他照著艾迪的吩咐抓住威利，威利則傾身向前，想辦法搆到車廂的背面，解開安全帶。受困乘客裡的一名女客，撲向了威利，差點兒把他拉出平台。

群眾頓時驚叫。

「等一等……」艾迪自言自語道。

威利又試了一次。這次，他啪一聲打開了安全束帶。

「鋼索……」艾迪低聲說。

安全槓拉了起來，底下的群眾發出「啊——」的聲音。受困乘客很快就被拉上了平台。

「鋼索散開了……」

被艾迪料中了。「佛萊迪自由落體」的底座——這底座從外觀是看不見的——裡面，那條拉升二號車廂的鋼索，在這幾個月以來，一直來來回回磨著一具卡住的滑輪。這具卡住了的滑輪，逐漸把組成鋼索的鋼纜線給刮開了——就像是在剝玉米穗——一條一條鋼線刮開，刮得都快斷了。沒有人發現這件事。怎麼可能注意到呢？必須有人爬進了整座機器的內部，才可能看到這個意想不到的問題。

卡住了這個滑輪的小東西，一定是在最恰巧的時刻穿過了空隙，落進了機器裡。

那是一把車鑰匙。

「不要把車廂降下來！」艾迪大吼，並揮舞著雙臂：「喂！喂——！問題出在鋼索！不要把車廂降下來！鋼索會綳斷的啦！」

他的聲音被人聲掩沒：威利與多敏蓋茲救出了最後一名乘客，人群裡歡聲雷動。四名乘客都平安無恙，他們在塔頂上相擁。

「阿多！威利！」艾迪扯開喉嚨大喊。有人撞上了他的腰，把他的無線電對講機撞落在地上。

艾迪彎下腰去撿對講機。

威利走向控制鈕。他把手指放在綠色的按鈕上。

艾迪抬眼往上看。

「不，不，不，別按！」

艾迪轉身面對人群：「退後！」

艾迪的聲音裡必定有些什麼東西，抓住了人群的注意力；他們停止歡呼，往四處散開。

「佛萊迪自由落體」的底座周圍地面，出現一片淨空的空間。

而艾迪此生所見到的最後一張臉孔，映入了他的眼簾：

她笨手笨腳爬上了巨塔的金屬底座，臉上表情好像被人揍過似的，鼻水直流，眼淚汪汪。是那個央求他做一隻動物的小女孩。她叫艾美？還是安妮？

「媽……媽……媽媽……」她抽抽噎噎的聲音近乎帶著節奏，整個人呆滯不動，如同所有哭哭啼啼的孩子。

「媽……媽……媽媽……」

艾迪的眼睛從小女孩身上移開，望向高處的車廂。

他還有時間嗎？女孩跟車廂之間的距離——

轟！太晚了。車廂已經落下——天哪，他把煞車鬆開了！——對艾迪而言，一切動作都滑入了如水一般的律動。他扔下手杖，拖著一條瘸腿往前進，心上感到一陣刺痛，簡直要痛倒在地。很大的一步。又一步。在「佛萊迪自由落體」的高塔內部，那根鋼索的最後一束鋼纜斷了，劃過了液壓系統的線路。

二號車廂正失速下墜，像一顆滾落懸崖的巨石。什麼都擋不住它了。

在那最後幾秒裡，艾迪似乎聽見了全世界的聲音：遠處的尖叫，海浪，音樂，一陣突來的風聲，還有一個又低又重又難聽的嗓音——他明白那是從他自己胸膛裡爆出來的聲音。

小女孩舉起雙臂。

艾迪奮力撲上去。他的病腿奮力一登——半是飛撲半是跌倒，艾迪靠近了小女孩，站上了金屬平台；金屬平台把他的襯衫劃破並劃穿了皮膚，位置恰恰就在那個繡有「艾迪」與「維修」字樣的繡布下方。

他感覺到自己的手裡握著兩隻手，兩隻小小的手。

一次震耳欲聾的撞擊。

一陣令人眩目的閃光。

然後，什麼都沒有了。

今天是艾迪的生日

時間是一九二〇年代，地點在一所擁擠的醫院，位在這座城市裡的赤貧區域之一。艾迪的父親在等候室裡抽著菸，其他初為人父者也在抽菸。

護士拿著一個文件夾板進來，喊出了他的名字。她的發音不正確。其他的男人在一旁吞雲吐霧。

是哪一位呢？

他舉了手。

「恭喜了。」護士說。

他跟著護士走過穿堂，往新生兒育兒室的方向去。他的鞋在地板上發出聲響。

「在這裡等著。」她說。

透過玻璃窗，他注視著護士察看各個嬰兒床上的編號。她往下一個移動，不是他的。又一個，不是。又一個，不是。又一個，不是。

她停下腳步。是這個了。

在毯子下面。一個小小的頭顱，戴著一頂藍色的帽子。她再度查了一下手上的文件夾板，然後指了指嬰兒。

這個父親深深吸了一口氣，點點頭。有那麼一刻，他的臉彷彿就要垮了，像一座橋在崩塌，往下癱進河裡。然後，他笑了。

這個是他的。

上路

在生命的最後一刻，艾迪什麼也看不見，碼頭上的事物、人群，或是四散飛裂的玻璃纖維車廂，什麼都看不見。

在那些描述死後世界的故事裡，靈魂通常會在揮別人世的那一刻往上飄浮，停在高速公路車禍現場的警車上方，或是像蜘蛛一樣攀附在醫院病房的天花板上。像這樣的靈魂，似乎就有了機會重返人世。

看來，艾迪沒有獲得這樣的機會。

這是哪裡……？

這是哪裡……？

這是哪裡……？

天空呈現一種迷濛的金黃色，然後是一抹深沈的藍寶石色，然後又是一片明亮的檸檬綠。艾迪正在飄浮，他的雙臂仍然向外伸開著。

這是哪裡……？

高塔上的車廂在往下墜落，這個他想起來了。那個小女孩——艾美？或是安妮？她在哭呢，這個他也想起來了。他記起自己撲身向前。他記起自己撲上了平台。他感覺到自己的手裡握著兩隻小手。

然後呢？

我救了她沒有？

艾迪只能遙遙捕捉那個畫面，彷彿此事發生在多年以前。而更奇怪的是，他感受不到那些事裡面的情緒，只感受到平靜，像個在母親懷中的孩子一樣平靜。

這是哪裡……？

周圍的天空變了色，先是葡萄柚黃，接著化爲森林綠，然後是粉紅——這就馬上讓艾迪聯想到棉花糖。

我救了她沒有？

她有沒有活下來？

我的……

……煩惱，到哪兒去了？

我的疼痛，到哪兒去了？

煩惱與疼痛都消失了。他所承受過的每一分創傷，所忍耐過的每一分痛苦——就像一股呼出來的空氣，全都無影無蹤了。他感受不到苦惱，感受不到悲傷。他的意識朦朦朧朧的，縹縹緲緲的，什麼也感受不到，只覺得一片平靜。

此刻，在他的下方，色彩又改變了。有什麼東西在旋轉著。水。一片海洋。他正飄浮在一大片黃色的海面上空。然後變成甜瓜的顏色。變成藍寶石的顏色。接著，他開始往下掉，衝向海面。墜落的速度好快，快得超乎他的想像，可是他臉上連一絲微風吹過的感覺都沒有，而且他覺得一點兒也不害怕。他看見金黃色海岸上的沙灘。

接著，他就在水面之下了。

然後一切變得安靜無聲。

我的煩惱，到哪兒去了？

我的疼痛，到哪兒去了？

今天是艾迪的生日

他五歲了。這是星期天的下午，地點在「露比碼頭」。野餐桌沿著木板步道架著，從這裡可以眺望綿延的白色海灘。桌上有個香草口味的蛋糕，上頭插著藍色的蠟燭。還有一大盅柳橙汁。碼頭上的人嗡嗡嗡忙著，有人在招徠顧客，有人在表演，還有馴獸師和幾個從養殖場來的男人。艾迪的父親和平常一樣在打撲克牌；艾迪則在父親腳邊玩耍。他的哥哥喬，正在一群老太太面前表演伏地挺身，老太太們裝作很有興趣的樣子，禮貌性地鼓了鼓掌。

艾迪穿戴著他的生日禮物：一頂紅色牛仔帽和一只玩具槍套。他站起來，跑到另一群人那兒，掏出玩具槍來喊：「砰，砰！」

「孩子，過來。」坐在板凳上的米基・席亞喊道。

「砰，砰。」艾迪回答。

米基・席亞與艾迪的爸爸是同事，一起修理遊樂園裡的設施。他胖胖的，穿吊帶褲，總愛哼著愛爾蘭歌謠。艾迪覺得，他身上帶著一股怪怪的氣味，聞起來像咳嗽糖漿。

「快過來。我給你來一個慶生大翻轉吧。」他說：「就像我們在愛爾蘭老家那樣。」

米基的大手突然就來到艾迪的胳肢窩，把他整個人提起來，快速把這小男孩的身子一轉，讓他頭下腳上倒吊著。艾迪的帽子掉了下來。

「小心哪，米基！」艾迪的母親喊著。

艾迪的父親抬頭看了看，嘻嘻笑了一陣，又回過身去繼續打他的撲克牌。

「呵呵。我抓穩了他的啦。」米基說：「好。你現在幾歲，就翻幾回。」

米基把艾迪的身子慢慢往下放，往下放，放到他的腦袋快要碰到地。

「一！」

米基把艾迪往上拉。

其他人紛紛加入，放聲大笑。他們喊著：「二！……三！」

頭下腳上的艾迪，不確定哪雙腳屬於哪個人。他的腦袋發脹。

「四！……」他們歡呼著：「五！」

艾迪又被翻轉回來，頭上腳下。所有的人都拍起手來。艾迪找到他的帽子，然後跌了個踉蹌。他站起來，搖搖晃晃撲向米基．席亞，用力拍打著他的手臂。

「唷呵！你這是幹嘛呀，小朋友？」米基說。

所有人又笑開了。

艾迪轉身跑開，跑了三步，就被母親拉進了她懷裡。

「我親愛的小壽星，你沒事吧？」母親離他的臉好近好近，只有幾吋遠。

他看著她深紅的唇色，豐滿而柔軟的雙頰和褐色的髮浪。

「我剛才倒過來了。」他告訴她。

「我看到了。」她說。

她把帽子戴回他頭上。

再過一會兒，母親要帶著他，沿著碼頭邊走一走，或許帶他去坐大象車，或者去看漁夫收起夜裡撒的網，看魚群像閃亮而潮濕的錢幣那樣翻動。她會牽著他的手，告訴他，因爲他在過生日這天好乖好聽話，所以上帝非常以他爲榮，這樣就可以讓世界再度翻正，天在上，地在下。

抵達

艾迪在一個茶杯裡醒來。

這是一種老舊的遊樂園設施——一個大型的茶杯，以有光澤的深色木頭製成，杯裡的座位上有軟墊，門上有一道不銹鋼鏈條。艾迪的手臂與雙腿懸垂在大茶杯的邊緣。

天空的顏色不斷變化，從皮鞋的棕色變爲深沈的猩紅色。

他出於本能，想要找他的手杖。在最後幾年的日子裡，他一向把手杖擱在床邊，因爲他有些時候實在沒有力氣了，不靠手杖的支撐起不了床。這讓艾迪覺得很沒面子，因爲以往他在街上跟人打招呼的時候，可是會在對方肩上重重打一拳的呢。

而現在手杖不在手邊。艾迪吐了一口氣，想辦法把自己的身子拉起來——他好驚訝，背部竟然不痛了，那條瘸腿也不會抽痛了。他使勁一拉，輕輕鬆鬆就把自己從茶杯的邊緣拉起來，然後重重落在地面上。

他腦子裡迅速閃過三個想法。

第一，他覺得很棒。

第二，他現在是一個人。

第三，他人還在「露比碼頭」。

可是，眼前的「露比碼頭」不一樣了。視野所及，盡是帆布帳篷與空蕩蕩的草坪，一覽無遺，連遠處海上佈滿青苔的防波堤都看得到。遊樂設施的顏色不是大紅就是奶油白——沒有藍綠色，也沒有紫紅——而且，每一項遊樂設施都各有一個木造售票亭。他醒來時所置身的那個茶杯，是此處歷史最早的遊樂設施之一，叫做「轉杯撞」。它的看板是用三合板做的，跟其他低懸的看板一樣，用鏈條垂掛在步道兩側的店面，譬如：

世紀雪茄！這才叫快活似神仙！

海鮮雜燴濃湯，一毛錢！

來坐飛天快車——轟動當代武林！

艾迪用力眨眨眼睛，發現眼前是他童年時期的「露比碼頭」，那是七十五年前的光景——可是現在看到的一切都嶄新發亮。他看到了「飛機翻筋斗」，那是幾十年前就拆掉的設施呀；他還看到在五〇年代夷平了的浴室與鹹水游泳池。在另一邊，伸向天空的是最早的那座摩天輪，漆著純樸的白色；摩天輪再過去一點，是住著老鄰居的那些街道，是擁擠的紅磚平價公寓的屋頂，曬衣繩從窗戶往外垂掛。

艾迪試著大叫，他的聲音卻像粗濁的空氣。他做出「嘿！」的嘴型，但是喉嚨裡什麼聲音也沒發出來。

除了發不出聲音以外，他覺得一切美好——他抓了抓自己的手腳，他走了一圈，他跳了一跳。身上哪裡都不痛。過去十年來，他早就不記得走路時不必提心弔膽是什麼滋味，坐著時不必費力替腰背找個舒服姿勢是什麼滋味。外表上看起來，他的模樣跟那天早上完全一樣：一個矮胖而胸膛厚實的老頭子，戴著便帽，穿著短褲與棕色的維修工制服——可是就動作來說，他現在非常靈活，他摸得到腳後跟，還可以把一條腿抬高到肚子的位置。他像個嬰兒似的探索自己的身軀，著迷於新發現的動作機能，一個彈性十足的人做著彈性十足的伸展活動。

然後他邁開步伐奔跑。

哈哈！奔跑！艾迪六十幾年裡沒有眞正跑過步，自從戰後就沒跑過。可是此刻，他先是小心翼翼跑個幾步，接著邁開大步，加速，再加速，像個年輕小伙子一樣快速奔跑。他沿著木板步道跑著，經過了為釣客開設的釣餌與釣具攤（五分錢），經過了為泳客開設的泳裝出租攤（三分錢）。他跑著，經過一個水道遊樂設施「闖盪海洋」。他沿著「露比碼頭濱海步道」跑，抬頭看到華麗的摩爾風格建築的螺旋塔、尖塔與洋蔥形狀的圓屋頂。他跑著，經過了「巴黎旋轉木馬」，那裡的雕刻木馬、玻璃鏡和演奏用大型風琴全都又亮又新，彷彿是他在僅僅一個鐘頭以前，在工作房裡為它們清除掉了鐵鏽。

他一路跑到中庭廣場，以前在這兒曾經有猜測重量的師傅、算命師和跳舞的吉普賽人。他把下巴往裡縮，兩手往外伸，像是滑翔機的機翼，他每跑幾步就跳一下，就像小孩子那樣以爲跑著跑著可以飛起來。一個白髮老工人，獨自一人，模仿飛機翺翔——這幅景象看在任何人眼裡似乎都很可笑，然而，男人不管年紀多大，內心都有一個奔跑著的小男孩。

然後，艾迪停下步伐。他聽到一個聲音。一個尖尖細細的聲音，好像是從擴音器傳出來的：「各位女士，各位先生，怎麼樣，您看過這麼令人毛骨悚然的景象嗎？……」

艾迪正站在一間大型劇場前面的售票亭，亭子是空的。看板上寫著

世上最奇特的人。

「露比碼頭」雜耍秀！

老天爺！有的胖死人！有的皮包骨！

快來看「野蠻人」！

雜耍秀。怪人怪事屋。喧嘩大廳。艾迪記得園方在五十年前就把這兒給關閉了，因爲電視興起，成爲熱門娛樂，民眾不再需要靠雜耍表演來刺激想像力了。

「仔細瞧瞧這個野蠻人，一生下來就是你見都沒見過的殘障者……」

艾迪凝視著入口。他曾在這裡遇見一些奇特的人。有個女人「快樂珍」，體重超過兩百五十公斤，要靠兩個大男人推著，她才能上樓梯。有一對連體雙胞胎姊妹，兩人共用一條脊椎，一起彈奏樂器。有些男人會吞劍，有些女人長著鬍鬚。還有一對印度兄弟，他們的皮膚因爲一直繃緊並泡在油裡，變得像橡膠一樣有彈性，最後一束一束從四肢垂垮下來。

小時候，艾迪覺得這些雜耍藝人很可憐。他們必須坐在攤子上或舞台上，有時候則是待在籠子裡，遊客在外面走過，對著他們指指點點。宣傳人員在旁吹噓鬼叫，大肆誇張這些人的怪異之處。艾迪現在聽到的，就是宣傳人員的聲音：

「若不是命運的扭曲，否則一個人怎會落得如此可憐下場！我們從天涯海角把這個人帶到您的面前，讓您仔細瞧瞧……」

艾迪走進了黑漆漆的大廳。

那聲音更響了：「這個悲慘的人，承受了大自然加給他的異常待遇……」

聲音是從舞台的另一頭傳過來的。

「只有在這裡，在這個『世界上最奇特的人』的舞台上，您才可以如此靠近……」

艾迪把布幕往旁一拉。

「盡情享受這最不尋常的——」

宣傳人員的聲音消失了。

艾迪往後退一步，不敢相信眼前的景象。

舞台上，椅子裡坐著一個中年男子，窄肩，駝背，上半身赤裸。他的肚子垂過褲腰。他的頭髮仔細修剪過。他的嘴唇薄薄，臉形長而歪扭。若不是他有一個明顯的特徵，艾迪恐怕早就不記得這人是誰了。

他的皮膚是藍色的。

「哈囉，艾德華，」他說：「我一直在等你。」

在天堂遇見的第一個人

「別怕……」藍膚人緩緩從椅子上起身：「你別怕……」

他的嗓音讓人覺得放心，可是艾迪只能盯著他看——他根本不認識這個人呀，爲什麼會在這裡見到呢？那一張臉孔，是那種在你夢裡冒出來之後，會讓你隔天早上起來想對別人說「你絕對猜不到昨晚我做了什麼夢」的臉。

「你的身體像個小孩子一樣，對嗎？」

艾迪點點頭。

「那是因爲你認識我的時候，還是個小孩子哪。一開始，你所感受到的就是你曾經有過的感覺。」

一開始什麼東西啊？艾迪心中不解。

藍膚人抬起下巴。他的皮膚泛著怪異的色彩，一種泛白的藍莓色。他的手指滿佈皺紋。他走了出去。艾迪跟在後頭。

碼頭空蕩蕩的。海灘空蕩蕩的。整個星球都空蕩蕩的嗎？

「告訴我——」藍膚人指向遠處一座有兩段高峰的木造雲霄飛車，那是「飛天快車」，建於一九二〇年代，當時「軌道下輪」(under-friction wheels) 底部摩擦輪尚未問世，所以列車無法高速轉彎——除非你要讓整列車飛出軌道。

「告訴我，這『飛天快車』還是『地球上最快的飛車』嗎？」

艾迪看著這座吱嘎作響的老東西，搖了搖頭。好多年前就拆掉了。

「啊，我想也是。」藍膚人說：「我們這裡的事物不會改變。不過，從雲層往下看，倒是看不出你說的那些改變。」

這裡？艾迪心中暗忖。

藍膚人微微一笑，彷彿聽見了艾迪內心的疑問。他碰了碰艾迪的肩膀，艾迪感受到一股暖意，這是他從來沒有過的感覺。他的思緒，一句一句流瀉了出來。

我怎麼死的？

「一場意外。」藍膚人說。

我死了多久呢？

「一分鐘。一小時。一千年。」

我現在人在哪裡？

藍膚人撅起嘴唇，若有所思，把問題重複了一次：「你現在人在哪裡呢？」他轉過身，舉起雙臂——突然間，過去曾在「露比碼頭」的遊樂設施，全都嘰嘰嘎嘎動了起來，有了生命：摩天輪在轉動，碰碰車霹啪撞來撞去，「飛天快車」喀喀喀往上爬，「巴黎旋轉木馬」上的馬匹隨著活潑愉快的風琴樂聲上下移動。大海就在眼前。天空呈現檸檬的顏色。

「你認為你是在哪裡呢？」藍膚人說：「這是天堂啊。」

不會吧！艾迪猛搖頭。不可能！

藍膚人看起來好像很開心。「不會？這裡不可能是天堂嗎？」他說：「爲什麼不是？只因爲這裡是你長大的地方，所以它不會是天堂嗎？」

艾迪用嘴型吐出一個字。**對**。

「喔。」藍膚人點了點頭：「哎，人哪，常常輕視自己出生的地方。可是呢，在最不可能的角落裡卻有可能發現天堂。而且天堂是有很多階段的。現在這裡，是我的第二階段，對你來說則是第一階段。」

他領著艾迪走遍遊樂園，經過雪茄鋪和香腸攤，經過了「傻瓜賭場」，很多傻子在那兒輸光了身上的銅板。

天堂？艾迪心想。這太好笑了吧。他成年以後絕大多數的歲月都在想辦法離開「露比碼頭」，它只不過是一個遊樂園，一個讓你可以扯開嗓子尖叫、弄得一身濕，並且拿錢去換人偶娃娃的地方。他無法想像這樣一個地方竟會是什麼幸福洋溢的安息之地。

他又試著出聲講話，這回他聽見一個小小的咕嚕聲從他胸膛裡傳出。

藍膚人回過身來：「你的聲音會回來的。我們所有人都要經歷同樣的過程。你現在初來乍到，是沒辦法說話的。」

他微笑起來：「這幫助你專心聽別人說話。」

「你在天堂裡會遇見五個人，」藍膚人突然說：「我們每一個人在你的生命裡都有一個存在的理由；你當下也許不知道那個理由是什麼，而這正是天堂的功用。天堂，是為了讓你認識你在人間的一生。」

艾迪一臉困惑。

「一說到天堂，大家就想到極樂花園，以為在天堂裡可以在雲端飄浮，在山巔河畔發懶。可是，美麗的風景假如不能讓人得到安慰，它就沒有意義。

「這是上帝送給你的最佳禮物：讓你有機會了解你一生中發生過哪些事情，並解釋原因。這是你一直在尋找的那份寧靜。」

艾迪咳了起來，試著發出聲音。他不想再沈默了。

「艾德華，我是你遇見的第一個人。我死的時候，有另外五個人向我闡明了我的一生，然後，我就來這裡等你，在這兒排隊，等著把我的故事告訴你，讓我的故事也成爲你的人生故事裡的一個情節。還有其他人也在等你，有些你認識，有些你也許不認識。不過，他們在死去之前都曾經在你的人生路上與你巧遇，而你的人生路就從此改變了。」

艾迪費盡全力，從胸膛裡把一個聲音給逼上來：

「是什麼……」他終於發出沙啞的聲音。

他的嗓子，似乎像是一隻正要破殼而出的新生小雞。

「是什麼……害你……」

藍膚人耐性十足，等著他說。

「是什麼……害你……死掉？」

藍膚人看起來有一點驚訝。他對艾迪露出微笑：

「就是你。」他說。

今天是艾迪的生日

他七歲了，生日禮物是一顆嶄新的棒球。他用右手握緊球，再用左手握緊球，感覺到一股力量衝上他的臂膀。他想像自己是某個棒球英雄，就像「帥傑克」糖漿花生爆米花裡附贈的棒球員收藏卡那樣的英雄，譬如偉大的投手華特·強森（Walter Johnson）。

「來，投球吧。」他哥哥喬說道。

他們沿著中庭廣場奔跑，經過了一個遊戲攤子，在這裡，假如能擊倒三個以上的綠瓶子，就可以贏得一顆椰子和一根吸管。

「快點啊，艾迪，」喬說：「一起玩嘛。」

艾迪停下腳步，想像自己正站在棒球場上。他把球投了出去。他哥哥手肘一縮，馬上蹲下。

「太用力了啦！」喬吼道。

「我的球！」艾迪大叫：「你很討厭耶，喬。」

艾迪注視著球蹦蹦蹦，滾到了木板步道，還打中一根柱子，往雜耍秀帳篷後面的一小塊空地掉下去。他朝著球的方向追去。喬也跟上。他們往空地跳下去。

「你看到球了嗎？」艾迪說。

「沒有。」

這時傳來了重重的「砰」一聲，兩人停了下來。帳篷的一面布簾掀了開來。艾迪與喬雙雙往上看：那兒站著一個胖得不得了的女人，還有一個沒穿上衣的男人，全身都是紅色毛髮。他們是「怪人怪事秀」裡面的怪人。

兩個孩子嚇呆了。

「你們這兩個自作聰明的小鬼，在後頭幹什麼啊？」毛茸茸的男人說著，還咧開嘴笑：「皮在癢了嗎？」

喬的嘴唇在發抖，然後，哭了起來。他腿一蹬就開跑了，兩條胳臂甩得飛快。

艾迪站了起來，發現他的棒球就在一台鋸木架的腳邊。他眼睛看著打赤膊的男人，身子慢慢往球的方向移過去。

「這是我的球。」他囁嚅地說。他一把撈起球，然後也跟在哥哥後頭跑走了。

「聽我說，先生，」艾迪的聲音粗嘎：「我絕對沒有殺害你，好嗎？我連你是誰都不知道。」

藍膚人往長板凳上坐下。他面露微笑，好像是在安慰客人的樣子。

艾迪仍然站著，一副要保護自己的架勢。

「讓我先告訴你我的眞實姓名吧。」藍膚人說道：「我受洗的名字是約瑟夫・柯維齊克，我的父親是個裁縫，住在波蘭一個小村子裡。我們家在一八九四年來到美國，那時候我還很小。母親抱著我，倚在船的欄杆旁，這一幕成爲了我最早的記憶，我母親在新世界的微風裡搖著我。

「我們跟絕大多數的移民一樣，身上沒有錢。我們睡在我叔叔家廚房裡的一張床墊上。我父親找不到工作，只好進入成衣工廠做工，給大衣縫鈕釦。我十歲那年，他把我從學校接出來，就跟著他一起做工。」

艾迪看著藍膚人坑坑疤疤的臉、薄薄的唇、鬆垮的胸膛，心想：他爲什麼要對我說這些呢？

「我生來就是個容易緊張的孩子，而工廠裡的噪音更惡化了我的情況。我的年紀太小，還不到時候去那兒做工，跟那些終日怨聲載道的大男人們為伍。

「每當工頭走近，我爸就會叫我『低頭。別讓他注意到你』。可是有一次我被絆倒了，一大袋鈕釦掉在地上，扣子灑了一地。工頭大聲開罵，罵我是個沒用的孩子，叫我走。那一刻至今仍然歷歷在目。

「我父親像個街上的乞丐一樣懇求工頭。工頭冷笑了一聲，用手背抹了抹鼻子。我的胃都打結了，好痛。接著，我覺得腿上有濕答答的東西，我低頭去察看。這時工頭指著我沾染了屎尿的褲子，放聲大笑，其他工人也跟著大笑。

「那件事之後，我父親就不願意跟我說話了。他覺得我害他丟人現眼。我猜想，在他的世界裡，我確實讓他沒面子。說來，做父親的人也能毀了自己的兒子，而我經過那件事情之後，也可以說是就這樣完了。

「我小時候容易緊張，長大以後也神經兮兮，最糟糕的是，夜裡我還是會尿床。到了早上，我會偷偷把弄髒了的床單放進洗臉盆裡浸水。有一天早上，我一抬頭就看到了我父親。他瞧見了髒污的床單，用那種我永遠不會忘記的眼神瞪著我，彷彿他但願能夠扯斷我跟他之間的人生關連。」

藍膚人停頓了下來。他的皮膚，看起來像是在藍色液體裡浸泡過，褲腰的地方疊著一小圈一小圈的肥油。艾迪看得目不轉睛。

「我並不是一直都是這個怪胎模樣的，艾德華。」他說：「以前的醫學還不發達。我去找一個藥劑師，請求他替我的精神問題想點辦法。他給了我一瓶硝酸銀，囑咐我每天晚上摻水服用。硝酸銀！後來才知道那是有毒的東西。不過那是我那時候唯一的解藥了。但我服了藥之後沒有效果，我只能假設是我攝取的劑量不夠多。於是我增加了服用量。我一次吞下兩大口，有時候三大口，而且不摻水。

「沒多久，別人開始用怪異的眼神看著我。我的皮膚漸漸變成灰色了。

「我覺得很難爲情，也很焦慮。我又吞下更多硝酸銀，最後，我的皮膚從灰色變成了藍色，這是硝酸銀中毒的副作用。」

藍膚人又停頓了一會兒。

他的聲音變低變弱：「工廠把我掃地出門。工頭說我嚇到其他工人了。沒了工作，我哪來的飯吃？我住哪裡？

「我找到一間酒館，是個很陰暗的地方，我在那兒可以用帽子與外套把自己藏起來。有一天晚上，一群巡迴表演的雜耍藝人坐在酒館後頭，抽著雪茄呑雲吐霧，哈哈大笑。其中有一個傢伙，體型很小，一條腿是木頭義肢，他一直盯著我瞧。看到後來，他走到我身邊。

「那天晚上，我答應加入他們的巡迴表演團。我人生的商業價值也從此開始。」

艾迪注意到藍膚人一臉認命的表情。他以前常常很好奇，不知道那些雜耍藝人都是從哪兒冒出來的。他認爲，每一個雜耍藝人的背後都有一段悲傷的故事。

「我的藝名都是這些巡迴表演團替我取的。有時候我是『北極來的藍膚人』或是『阿爾及利亞藍膚人』，有時候叫『紐西蘭的藍膚人』。這些地方我根本沒去過，不過，就算只是在看板上讓看到的人以爲我來自異國，那也不錯。

「所謂的『表演』其實很普通，我就坐在舞台上，衣衫不整，遊客三三兩兩走過去，宣傳人員告訴大家我有多麼可憐。靠著這樣，我才有辦法賺幾個錢餬口。有一次經理稱呼我是他旗下的『最佳怪人』，而且，說來也眞可悲，我竟然也以此自豪。假如你被全世界棄之不顧，這時就算有人丟一塊石頭過來，也是值得珍惜的事。

「有一年冬天，我來到這裡，『露比碼頭』。他們打算辦一齣雜耍秀，叫做『奇人異事』。我喜歡這樣，待在同一個地方，逃離那種乘著顚簸馬車巡迴表演的生活。

「這裡成了我的家。我住在香腸舖子樓上的房間裡。晚上我跟其他雜耍藝人和鐵匠玩撲克牌，有時甚至是跟你父親玩牌。大清早，我穿著長衫，用大毛巾蓋住頭，到海灘上散步，免得嚇到別人。聽起來好像沒什麼，可是對我來說，這份自由是我幾乎沒有享受過的滋味。」

說到此，他看著艾迪。

「你明白了沒有？我們爲什麼會在這裡？這裡不是你的天堂。它是我的天堂。」

一個故事，從兩個不同的角度來看吧。

就拿一九二〇年代晚期一個七月天來說。那是個星期天，早上下過雨，艾迪和朋友們玩著丟棒球接棒球的戲；那顆棒球是艾迪前一年過生日時收到的禮物。

某一瞬間，球飛過了艾迪的頭上，落到大馬路去了。穿著黃褐色長褲、頭戴羊毛帽的艾迪，追著球跑。

他跑到了一輛汽車前面。

那是一輛福特A型車。那輛車發出尖銳的煞車聲，車身猛一轉開，閃過了艾迪。

艾迪渾身發抖，喘得上氣不接下氣，撿了球，快快跑回朋友那兒去。

球戲很快就結束了，孩子們跑到遊戲場去玩「伊利湖怪手」娃娃機，用那隻爪子似的機械手臂去抓玩具。

現在，從另一個不一樣的角度來看同一個故事。

有個男人坐在一輛福特A型車的駕駛座上，那車是他向朋友借來練習駕駛技術的。早上下過雨，所以路面是濕的。突然間，有一顆棒球彈過了路面，又有個小男孩冒出來追著球跑。這個駕駛人猛踩煞車，用力轉動方向盤；車子打滑，輪胎發出尖銳刺耳的聲音。

這男子算是控制住了場面，但車子還在繼續打轉。後視鏡裡已經看不到小男孩的蹤影，可是男子的身體仍然處於震撼狀態，心裡想著自己差點兒就釀成慘事。腎上腺素大量分泌，使他心跳快速如擂鼓，然而他的心臟不怎麼強壯，心跳太快，他吃不消。男子覺得頭暈眼花，有那麼一刻，腦袋垂了下去。他駕駛的汽車差點撞上另一輛車。那輛車的駕駛人按了喇叭，男子又打方向盤，猛踩煞車。他沿著大馬路滑行，後來轉進一條巷子裡。他的車子搖搖擺擺，最後撞上一輛停靠在路旁的卡車的車尾。一個小小的碰撞聲傳來。大燈碎了。撞擊的力道使得男子啪一聲撞上方向盤。他的額頭流血了。

他跨出車外，察看車身損壞的狀況，然後，便昏倒在濕漉的人行道上。他的手臂一陣一陣抽動。他的胸口很痛。這是星期天的早上。巷子裡空無一人。他就一直在那兒，倒在車子的一側，沒有人注意到他。冠狀動脈的血液不再流進他的心臟。

一個小時過去。

有個警察發現了他。

醫事檢察官宣布他已死亡，死因載明爲「心臟病突發」。沒有親屬。

同樣一個故事，可以從兩種不同的角度來觀察。同一天，同一時刻，從其中一個角度來看是愉快的收尾，那個穿黃褐色長褲的小男孩，把一分錢的硬幣投入「伊利湖怪手」娃娃機，玩了一次又一次；從另一個角度來看，則有一個令人遺憾的結局，在市立殯儀館裡，有個工作人員打電話給另一個工作人員，說今天新到的這具屍體眞奇特，皮膚竟然是藍色的。

「你懂了嗎？」藍膚人輕聲以他的角度說完了這個故事：「你這小男孩？」

艾迪一陣顫抖。

「噢，不會吧。」他低聲說。

今天是艾迪的生日

他八歲。他坐在格子紋的沙發一角，雙手交叉在胸前，臉上帶著怒氣。他的母親在他腳邊替他繫鞋帶。他父親在鏡子前面打領帶。

「我不要去。」艾迪說。

「我知道，」他母親說話時沒有抬起頭：「可是我們不能不去。有時候，不好的事情發生了，你只好做一些事。」

「可是今天是我的生日耶。」

艾迪一臉傷心，往房間那一邊看，看著角落裡的「建造大師」工具組，那裡有一堆玩具鋼樑和三個橡膠小輪胎。艾迪在做一輛卡車。他很擅長把東西組合在一塊兒。他原本希望能在慶生會上把卡車展示給朋友們看。可是，爸媽說要去別的地方，要他穿上外出服。眞是太不公平了，他想。

他哥哥喬穿上了羊毛長褲，繫了蝴蝶領結，並在左手掌套上一只棒球手套。他用力拍打手套，還對著艾迪扮鬼臉。

「你那些是我的舊鞋子。」喬說：「我的新鞋比較好。」

艾迪皺著臉。爲什麼非得穿喬的舊衣服不可，他好氣。

「不要再扭來扭去了。」他的母親說。

「很痛耶。」艾迪在哀叫。

「夠了！」他父親吼出聲，並瞪著艾迪。於是艾迪閉上了嘴。

在墓園裡，艾迪根本認不出碼頭上那群人。平常穿著金色線織背心又包著紅頭巾的大人們，今天個個是一身黑色西裝，他父親也是。女人們也是一身黑色洋裝；有些還用面紗遮著臉。

艾迪注視著一個男人把土鏟進一個洞裡。這個男人說了一些跟塵土有關的話。艾迪抓著母親的手，瞇起眼睛看太陽。他知道自己應該要悲傷才對，可是他在心裡偷偷數著數兒，從一開始數，希望在數到了一千的時候，他就可以去過生日。

第一個功課

「求求您，先生……」艾迪懇求道：「我那時眞的不知道。相信我……上帝幫幫我，我眞的不知道。」

藍膚人點了點頭：「你那時候當然不會知道。那時候你年紀還很小。」

艾迪往後退，欠了欠身，一副準備與人打架的樣子。

「可是我現在必須付出代價了。」他說。

「付出代價？」

「因爲我犯了錯。這也是爲什麼我現在會在這裡，對吧？這是爲了公理吧？」

藍膚人笑了：「不是的，艾德華。你來到這裡，是要讓我有機會教你一些東西啊。你在這裡遇到的每一個人，都要教你一個功課。」

艾迪一臉狐疑。他的拳頭依然握得緊緊的。

「你說什麼？」他說。

「我是說，所有的行爲都不是隨機而無意義的。我們所有的人，彼此之間都有關連。你沒辦法讓一個生命單獨存在，就像你沒辦法把一陣微風從風裡面分離出來。」

艾迪搖搖頭：「那時候我們那幾個孩子正在丟棒球玩。都是因爲我太笨，才會那樣莽撞，跑到馬路上。爲什麼你必須爲了我的緣故而送命呢？這樣不公平啊。」

藍膚人伸出手：「公平這個東西，」他說，「不能決定生命與死亡。如果公平可以決定人的生死，好人就不會短命。」

他把掌心一轉朝上，突然間，他與艾迪兩人便置身於一處墓園，站在一小群送葬者的後面。一名牧師站在墓穴旁邊唸著一段聖經經文。艾迪看不到送葬者的臉，只看到穿戴著帽子、連身裙和西裝的背面。

「我的葬禮，」藍膚人說：「你看看那些來送葬的人，有些跟我完全不熟，卻還是來給我送終。爲什麼呢？你有沒有想過？爲什麼有人去世了，大家要聚在一塊兒呢？爲什麼大家會覺得應該聚在一塊兒呢？

「這是因爲，人類的心靈都明白，歸根結柢，所有的生命都是互相交錯的。死亡不僅僅是帶走了某一個人，死亡也與另一個人擦身而過。在帶走與錯過之間的小小距離裡，人的生命就此改觀。

「你說，死的應該是你，而不是我。可是，我活在世上的時候，死的是別人，而不是我啊。這種事天天發生。在你走開一分鐘以後，閃電劈了下來。或者，飛機失事，你就坐在那班飛機上。你的同事生了病，但你沒事兒。我們以爲這種事情是隨機發生的。但是，所有事情之中都有平衡存在。一消，一長。生與死，都是整體的一部分。

「就是因爲這個緣故，所以我們會被嬰兒吸引……」他轉向送葬者：「也參加葬禮。」

艾迪又瞧了瞧圍繞在墓旁的人群。他很好奇自己是否也有一場葬禮，不知道誰會來爲他送終。他看到牧師照著聖經唸經文，送葬者低下頭去。這一天，藍膚人被埋進土裡，那是好多年以前的事了——那天艾迪也在場，那時他是個小男孩，在整場葬禮中煩躁不安，不知道自己在這事上扮演了什麼樣的角色。

「我還是不明白。」艾迪低聲說：「你的死帶來了什麼好處？」

「你活下來啦。」藍膚人回答。

「可是我們一點都不認識彼此啊。我根本是個陌生人吧。」

藍膚人把胳臂放在艾迪的肩頭。艾迪感受到那股暖溶溶的感覺。

「陌生人，」藍膚人說：「是你遲早會認識的家人。」

說完，藍膚人把艾迪拉近——艾迪瞬間感覺到了藍膚人一生中所體會過的全部感受，那些感受湧入他的體內，盈滿他全身，那些寂寞、恥辱、焦躁，和心臟病突發。這一切感受就像闔上抽屜一樣，迅速滑入了艾迪裡面。

「我要走了。」藍膚人在他耳邊輕聲說：「對我來說，天堂的這個階段已經結束了。

不過，你還會見到其他人的。」

「等一等。」艾迪把他拉回來：「告訴我一件事情就好。我救了那個小女孩嗎？在碼頭那邊。我救了她嗎？」

藍膚人沒有回答。

艾迪垂頭喪氣：「那麼，我就是白白送死了。就跟我這輩子一樣，白白活著。」

「沒有誰的生命是白白浪費掉的。」藍膚人說：「如果花時間去想著自己有多麼孤單，那才是浪費時間。」

他往墓穴的方向後退，臉上掛著微笑。他繼續往後退，他的皮膚變成了最漂亮的焦糖褐色，光滑而毫無瑕疵。艾迪心想，這眞是最完美的膚色了。

「等一等！」艾迪大喊了一聲——可是他突然飛上了半空中，離開了公墓，在寬闊的銀灰色海洋上空翱翔。他往下看，看到了舊日露比碼頭的屋頂，看到螺旋塔與角塔，看到旗幟在微風中飄揚。

然後，碼頭就消失了。

星期天，下午三點鐘

在碼頭上，人群圍繞在「佛萊迪自由落體」車廂殘骸四周，靜默無聲。老太太們撫著自己喉頭。母親們把孩子拉開。幾個穿著背心的強壯男子快步走向前，彷彿這理所當然是他們該處理的事情似的；可是等到他們抵達了現場，也只能在一旁看著，滿臉絕望。太陽當頭烤著，把陰影的輪廓映得更是分明。男人們用手遮著眼睛上方，那手勢像在敬禮。

情況到底多糟？人群竊竊私語著。多敏蓋茲衝了進來，滿臉通紅，工作上衣全被汗水浸濕透了。他看到了慘不忍睹的現場。

「啊，不，不，艾迪。」他嗚咽著叫喊，雙手抱頭。

保全人員也來了。他們把圍觀群眾往後推。可是，保全人員同樣無能為力，兩手叉腰，撐在臀上，等著救護車出現。

似乎，所有圍觀的人——爸爸、媽媽、拿著巨無霸汽水杯的孩童，所有人看到景象後都震驚過度，都拔不開腿走開。死亡就在他們腳下的這片地上，熱鬧的音樂旋律還透過擴音器陣陣播送著。

情況到底多糟？警笛聲傳來。穿著制服的男人們到了現場。黃色的事件警示膠帶拉開了，把現場圍了起來。遊戲場的店面都把鐵門拉下來了。所有遊樂設施立刻關閉。沙灘上流傳著有壞事發生了的耳語。太陽下山的時候，「露比碼頭」空無一人。

今天是艾迪的生日

在臥室裡的艾迪，即使房門緊閉也聞得到母親烤牛排的味道，配上青辣椒與甜味紅洋蔥，那帶有強烈木頭味的香氣，他非常喜歡。

「艾——迪——！」她在廚房裡頭喊：「你在哪？大家都到齊囉！」

他翻下床，把漫畫書擺在一旁。這天滿十七歲的他，還看漫畫書確實有點嫌太大了一些，但他還是很喜歡那種感覺——像「紫衣蒙面俠」之類的五顏六色英雄人物，對抗壞人，拯救世界。他已經把過去收藏的漫畫送給了念小學的堂弟們，他們幾個月前從羅馬尼亞來到美國，艾迪一家人前去碼頭迎接，而他們也睡進了艾迪跟喬共用的房間。堂弟們不會說英文，可是喜歡看漫畫書。不管怎麼說，這就讓艾迪有理由把漫畫書留下。

「壽星來囉。」他母親歡呼了一聲。他慢慢晃進廳裡，身穿一件全扣的白襯衫，藍色的領帶箍著他肌肉強壯的頸項。齊聚一堂的訪客、家人、朋友、碼頭的工作人員，紛紛向他打招呼，舉起啤酒杯。艾迪的父親在角落裡打著撲克牌，籠罩在一小團雪茄煙霧之中。

「媽，妳知道嗎，」喬大聲說：「艾迪昨天晚上認識了一個女孩喔。」

「哦。眞的呀？」

艾迪覺得血液一陣奔騰。

「對啊。還說要娶她做老婆呢。」

「閉上你的嘴。」艾迪對喬說。

喬不搭理艾迪。「眞的，他進房的時候兩眼直楞楞，對我說：『喬，我遇見了我想娶回家的女孩！』」

艾迪發火了：「我叫你閉嘴！」

「她叫什麼名字呢，艾迪？」有人問道。

「她上教堂或作禮拜嗎？」

艾迪走向他哥哥，猛揍了他手臂一拳。

「唉唷！」

「艾迪！」

「我都說了叫你閉嘴的！」

喬又衝口而出：「他還跟她跳舞，就在『星塵——』」

重拳出手。

「噢！」

「閉嘴！」

「艾迪！住手！」

這時連羅馬尼亞來的堂弟們也都抬起頭來了——他們知道這叫做打架——艾迪兩兄弟彼此抓著對方，你一拳我一拳，越過了沙發，一直到艾迪的父親放下手裡的撲克牌，大吼一聲：「給我住手，否則我就賞你們巴掌吃。」

兄弟倆分開，呼吸急促，怒目相視。幾個親戚長輩面帶微笑。其中一個老姑媽說：「他一定很喜歡那個女孩子。」

後來，吃完了特製牛排，吹熄了蠟燭，客人也差不多都打道回府了。艾迪的母親扭開了收音機，電台裡播報著歐洲的戰爭消息。艾迪的父親說，假如戰況惡化，木材與銅線會變得不容易取得，如此一來，遊樂園的維修工作恐怕沒辦法做下去。

「都是些壞消息，」艾迪的母親說：「過生日就別聽這些了。」

她轉動著收音機的頻道調節紐，一直到流瀉出音樂的聲音爲止。管弦樂團演奏著搖擺樂，她露出微笑，跟著哼了起來。

她來到艾迪身邊，艾迪正垂頭喪氣坐在自己的位子上，用叉子在最後一片蛋糕上叉啊弄啊的。母親解開圍裙，疊放在椅子上，然後拉起艾迪的手。

「讓我瞧瞧你是怎麼跟新朋友跳舞的。」她說。

「不要啦，媽。」

「快點嘛。」

艾迪站起來，那模樣好似要上刑場。

哥哥嘻皮笑臉。

臉龐秀麗圓潤的母親，隨著樂曲哼著，哼著，往前往後踩著舞步。艾迪最後也跟著她跳起舞來。

「答，答，滴，」她跟著旋律唱起來：「……當你與我在一起……答，答……星星，還有月亮……答……答……在六月天裡……」

他們繞著客廳跳舞。跳著跳著，艾迪再也繃不住臉，笑了出來。他已經比母親高半個頭了，不過母親仍然能夠輕輕鬆鬆帶著艾迪轉圈。

「這麼說來，」她低聲道：「你是中意這個女孩子囉？」

艾迪跳錯了一步。

「沒關係。」她說：「我替你覺得高興呀。」

他們轉到了餐桌旁，艾迪的母親一把抓住喬，把他拉起來。

「現在換你們倆跳吧。」她說。

「跟他跳？」

「媽！」

母親很堅持，兄弟倆的態度便軟化了。不一會兒，喬與艾迪發出笑聲，又是絆住又是相撞的。他們手牽著手舞動，彎低身子，又直起身來，以誇張的姿態轉著圈。他們繞著餐桌，一圈又一圈；他們的母親樂不可支，收音機裡樂隊的黑管引領著旋律，從羅馬尼亞來的堂弟們隨著樂聲打拍子。最後幾口烤牛排，也在歡樂的氣氛裡消失了。

在天堂遇見的第二個人

艾迪覺得雙腳碰到了地面。天空的顏色又改變了，從深藍變爲炭黑。此刻艾迪的四周都是傾倒的樹木與黑漆漆的瓦礫堆。他抓了抓自己的手臂、肩膀、大腿和小腿肚。他覺得更強健了，然而當他試圖觸摸自己的腳趾，他發現自己辦不到；靈活的身手不見了。孩提時代感受到的彈性，現在不復存在。他身上的每根肌肉都像鋼琴弦一樣緊繃。

他四下環顧，這是個沒有生命跡象的地帶。不遠處一座山丘上，躺著一輛毀損的貨運馬車，還有一具腐爛的動物屍骨。艾迪覺得有一股熱風吹過他的臉。天色猛然化爲火焰般的黃色。

艾迪再一次拔足奔跑。

此時他奔跑的步伐換了一種，是軍人般的沈重整齊步伐。他聽見了雷聲——或者是某種類似打雷的聲音，或是爆炸，又或者是炸彈轟炸的聲音——他出於本能，把臉朝下，趴在地上，匍匐前進。天空裂開，大雨傾盆而下，密密實實、色如赤褐。艾迪壓低頭，順著泥漿緩緩爬行，並把嘴邊的髒水吐掉。

爬著爬著，最後他發覺自己的腦袋碰到了一個堅硬的東西。他抬頭一看，是一支插在地上的來福槍，槍托上撐著一頂鋼盔，握把處則吊著一塊兵籍號碼牌。艾迪在雨中瞇起眼仔細瞧，用手指觸摸那塊兵籍號碼牌——然後他倉皇後退，退到一堵滲著水的牆前。牆上滿滿是一棵粗壯榕樹垂下來的鬚根，密密麻麻。他急急撲向鬚根所覆蓋的陰影裡，拖著腿，蹲了下來，試圖緩和呼吸。即使是在天堂，恐懼還是找上了他。

那副兵籍號碼牌上，刻著他的名字。

年輕人上戰場打仗。有時候他們上戰場是因爲非去不可，有時候是出於自願。年輕人永遠覺得自己應該上戰場。人世間一個又一個的哀傷故事，幾百年來傳頌著人們是如何誤以爲拾起武器就叫做勇敢，而錯把放下武器視爲懦弱。

艾迪的祖國參戰了。他在一個下雨的早晨醒來，刮了鬍子，把頭髮往後梳，然後就跑去應徵入伍了。別人都在戰場上打仗，他也應該去。

母親並不希望他上戰場。父親聽他說了這件事，燃起香菸，緩緩吐出一口煙。

「什麼時候去？」父親只問了這麼一句。

艾迪從來沒有使用過眞槍實彈，於是他就去「露比碼頭」的射擊遊戲場開始練習。投下五分錢硬幣，機槍就開始嗡嗡響，然後瞄準前面的各式叢林動物圖案，獅子或長頸鹿之類的，然後扣下扳機。每天晚上，艾迪在「迷你鐵道」的駕駛工作結束後，就去練習射擊。「迷你鐵道」是「露比碼頭」新增的小規模設施之一，因爲自經濟大蕭條以來，雲霄飛車變成了昂貴的娛樂。顧名思義，「迷你鐵道」就是那意思，它的車廂高度約莫是成年男子的大腿部位。

艾迪在應徵入伍之前工作了一段時間，他想存錢，打算去大學讀工程學。他的目標——他想要建造東西，不管他哥哥老是說：「算了吧，艾迪，你的腦筋沒有好到那種程度。」

戰爭一開打，碼頭樂園的生意就往下掉。艾迪的顧客如今絕大多數是女人家帶著子女來玩兒，爸爸們都離家打仗去了。有時候孩子們會要求艾迪，讓他們坐在他肩上；假如艾迪照辦，他就會看到小朋友的母親臉上露出悲傷的微笑：他猜想，把孩子扛起來並沒有錯，錯的是不應該扛在他這副肩膀上。艾迪心想，不久他也要加入那些男人在遠方的行列，結束他在這裡每天為軌道上油、操作煞車桿的生活。戰爭喚起了他的男子漢意識。說不定，也會有人思念他。

在離家的前幾天，有一晚，艾迪彎著身，貼緊射擊場的遊戲來福槍，專心射擊。砰！砰！他在腦中想像：當真要對敵人開槍的時刻，不知會是什麼樣：射中了敵人時，對方會發出什麼聲音呢？——砰！——會不會，他們就只安安靜靜倒下，像練習場上的這些紙板獅子長頸鹿一樣？

砰！砰！

「你在練習殺人嗎，小伙子？」

米基・席亞來到艾迪身後。他法國香草冰淇淋顏色的頭髮一頭汗，整張臉紅通通，先前大概喝了幾杯不知道什麼玩意兒。

艾迪聳一聳肩，繼續練習射擊。砰！命中了。砰！又命中了。

「嗯。」米基咕噥。

艾迪希望米基走開，好讓他專心瞄準目標。他感覺到這個老酒鬼站在他身後。艾迪聽到他濁重的呼吸聲，空氣從他鼻腔嘶嘶嘶出入，像是腳踏車的輪胎在打氣。

艾迪繼續射擊。

突然間，他發覺自己的肩膀被人緊緊握著，很痛。

「小伙子，聽我說。」米基的聲音像是在低聲咆哮：「戰爭可不是遊戲。如果情勢逼得你一定要開槍，你就扣扳機，聽到沒？不要有罪惡感。不要猶豫。你就開槍，一直射，千萬別去想你射傷了誰，殺死了誰，不要去想爲什麼要這麼做。聽到沒？假如你想要重返家園，就一直開槍，不要思考。」

他把艾迪的肩膀握得更緊了。

「用了腦子思考，你就會沒命。」

艾迪轉身，盯著米基瞧。米基猛力拍打他的臉頰。艾迪出於直覺，掄起拳頭就要回敬。可是米基打了個嗝，搖搖晃晃往後退，然後看著艾迪，眼看他幾乎要掉眼淚了。

遊戲機槍的嗡嗡聲停止。艾迪的五分錢時間用完了。

年輕人上戰場打仗。有時候他們上戰場是因爲非去不可，有時候是出於自願。幾天後，艾迪收拾好一個圓筒行李袋，把碼頭拋開了。

雨停了。躲在榕樹下的艾迪渾身發抖，全身濕透，吐出一口長長的氣。他撥開榕樹鬚根，看到來福槍與鋼盔仍然立在地面。他記起了戰士們爲什麼要這樣做：這是一種記號，代表戰死沙場的人就埋在這裡。

他爬了出來。遠處一座小山，山腳下是一處村落的殘蹟，房舍經過轟炸與焚燒，現在滿目瘡痍。艾迪呆呆看了好半晌，嘴巴微張，試著把景象看個淸楚。然後，他像是聽到了一樁壞消息似的，胸口猛一抽緊——這個地方，他知道這個地方。這地方在他夢裡纏繞不去。

「天花。」突然冒出了個聲音。

艾迪轉身。

「天花。傷寒。破傷風。黃熱病。」

那聲音來自上方，從樹裡面發出來。

「我從來不曉得黃熱病是什麼。該死。我從來沒碰過有黃熱病的人。」

這聲音聽來強硬而有權威感，帶著一點南方人拖長音的腔調，音質粗沙，像是大吼大叫了好幾小時的沙啞聲音。

「那些病的預防針我全都打了，誰知我還是死在這裡了，壯得像匹馬。」

榕樹搖動。若干小果實在艾迪面前落下來。

「你希望這是蘋果嗎？」那個聲音說。

艾迪站起來，清清喉嚨。

「出來吧。」他說。

「你上來呀。」那個聲音說。

艾迪上了樹，爬到了差不多樹頂，有辦公樓那麼高。他把雙腿分跨在粗大的樹枝上，低頭一看，離地面似乎很遠。艾迪的視線穿過比較細的樹枝與厚厚的樹葉，辨識出一個男人穿著陸軍工作服的朦朧身影，靠著樹幹坐著。他的臉上有一層煤黑色的東西蓋住，他的眼睛像小燈泡般發出紅光。

艾迪費力嚥了一口口水。

「小隊長？」他小聲說：「你是小隊長嗎？」

他們在軍隊裡一起服役。小隊長是艾迪的長官。他們在菲律賓作戰，離開菲律賓以後，艾迪便再也沒有見過小隊長了。他曾聽說小隊長死在戰場。

一縷香菸的煙氣飄來。

「他們對你解釋過規則了嗎，阿兵哥？」

艾迪往下看，看著距離很遠的地面，然而他認爲自己不會摔下去。

「我死了。」他說。

「這倒沒錯。」

「你也死了。」

「這也對。」

「所以，你是……是我遇到的第二個人嗎？」

小隊長舉起香菸。他笑了笑，像是在說「你相信你可以在這上頭吸菸嗎？」然後，他深深吸了一口菸，再吐出一小團白色雲霧。

「我猜你沒有料到會見到我，對吧？」

艾迪在戰爭期間學到很多東西。他學會了如何坐上坦克車頂，學會了用鋼盔裝冷水來刮鬍子。他學到了在散兵坑裡如何小心射擊，以免撞到了樹並且被轉向的榴霰彈傷了自己。

他學會了抽菸。他學會了行軍。他學會了橫越索橋，同時一口氣帶著一件大衣、一架無線電、一枝卡賓槍、一個防毒面具、一個機關槍用的三角架、一個背包，肩上還披著幾排子彈。他學會如何嚥下天下最難喝的咖啡。

幾種外國語言，他都學了幾個單字。他學會了把口水吐得老遠。他知道了初次上戰場的新兵在全身而退後的那種緊張興奮感，與弟兄們互相甩對方的耳光，笑成一團，彷彿戰事已經告終——我們可以回家了！——他也知道了士兵第二度上陣作戰時那種沮喪憂傷，因爲他明白了一次戰鬥不足以讓一場戰爭終結，往後還有很多很多場戰鬥。

他學會了從齒縫間吹出口哨。他學會了在硬邦邦的地面入睡。他知道了什麼叫疥瘡，那是小蝨子鑽進了你皮膚裡，當你身上那一套髒衣服連續穿了一星期，這時候你會特別有感覺。他知道了人類的骨頭穿出了皮膚的時候，看起來確實是白色。

他學著快速禱告。他知道了該把寫給家人與瑪格麗特的信件存放在哪個口袋，以防萬一他斷了氣後才被同袍找到。他學到了，有時候你原本在防空洞裡與弟兄並肩而坐，低聲說著好餓，結果忽然傳來一聲嘶嘶響，弟兄應聲倒地，這時飢餓便再也不是問題了。

他學到了，隨著你上戰場一年，兩年，三年，不管多久，再強壯而孔武有力的男人，也會在運輸機要把官兵卸下來的時候對著自己的鞋子嘔吐，而且，就連軍官們也會在出征的前夕說夢話。

他學會了抓捕戰俘，不過他從來沒學會怎麼當一個戰俘。後來有一天夜裡，在菲律賓的一座島上，他們那個大隊在重砲攻擊之下登陸，於是全隊四散尋求掩蔽。夜空被砲火照得通亮。艾迪聽見一個弟兄在壕溝裡哭得像個孩子，於是艾迪對他大吼：「你給我閉嘴！」然後他才發現，那名弟兄會哭起來，是因為有個敵軍就站在他上方，拿著一把來福槍頂著他的腦袋；而艾迪的脖子也感受到了同樣的寒意，因為也有一枝來福槍頂在他脖子後方。

小隊長掐熄了菸蒂。他比艾迪隊上所有弟兄都年長，是個職業軍人，拿著一枝細長的輕便手杖，還有個突出的下巴，看起來與當時某個電影明星頗為神似。大多數的士兵都很喜歡他，雖然他脾氣暴躁，而且習慣近距離對著人家的臉大吼大叫，你看得到他被菸草弄得泛黃的牙齒。然而，這位小隊長總是承諾，不論發生什麼狀況，他「不會丟下任何一個弟兄」，這句話讓弟兄們覺得放心。

「小隊長……」艾迪又喊了一聲，仍處於目瞪口呆的狀態。

「聽到。」

「長官。」

「不必這麼喊我。但還是謝謝你願意喊我一聲長官。」

「這麼多年了……您看起來……」

「看起來就像你上回見到我的時候一樣，你是要這樣說嗎？」他咧開嘴笑，然後對著樹枝吐了一口唾沫。他看到艾迪臉上狐疑的表情。「沒錯。來到這上頭是沒理由覺得不爽的。又沒生病。呼吸都是老樣子。吃的也眞夠好的。」

吃的？艾迪半個字也聽不懂。「小隊長，聽我說，這是一個錯誤。我還是不明白我爲什麼會在這裡。你知不知道，我過了毫無意義的一生？我做的是維修工，我住在同一間公寓裡好多年。我照顧遊樂器、摩天輪、雲霄飛車和無聊的小火箭飛船。這些都沒有一丁點值得驕傲的地方。我就是這麼飄來蕩去的。我要說的是——」

艾迪嚥了一下口水，然後說：「我來到這裡，是在做什麼呢？」

小隊長那雙泛著紅光的眼睛看著艾迪。艾迪則忍著不敢問一個他現在很納悶的問題：他先前遇見了藍膚人，那麼，他是不是也把小隊長害死了？

「你曉得嗎，我一直想知道，」小隊長磨著自己的下巴說：「我們這個分隊的弟兄們——大家有沒有保持聯繫？威靈漢？摩頓？史米提？你後來有沒有再見過這些人？」

艾迪記起了這些個名字。事實上，他們並沒有保持聯繫，戰爭像磁鐵一樣把弟兄們凝聚起來，但戰爭也可以像磁鐵一般，使弟兄們互相排斥。看到了那些，做過了那些，有時候，他們只想把這一切忘掉。

「老實說，長官，我們就這麼散了。」他聳聳肩：「抱歉。」

小隊長點點頭，彷彿他早已料到此事。

「那你呢？你就回去那座遊樂園了嗎？就是我們發誓說只要活著回家就一定要去玩的那個遊樂園？美國大兵統統免費嗎？讓兩個小妞陪一個大兵坐『愛的隧道』嗎？你當年不

是這樣說？」

艾迪的表情算是在微笑吧。他當年確實這麼說過。他們大家全都這麼說過。可是，戰爭結束以後，誰也沒來。

「對啊，我又回去那兒了。」艾迪說。

「後來呢？」

「後來……我就一直留在那裡。我也努力過。我做過一些計畫……都怪這條爛腿。我也不知道。沒有一樣成功。」

艾迪聳了聳肩。小隊長仔細端詳艾迪的臉。小隊長的眼睛瞇起，聲音變得低沈。

「你還要球戲嗎？」他問。

「走　啊！……你走啊！……快走！」

敵軍大喊大叫，用刺刀頂住他們的背。艾迪、史米提、摩頓、拉波佐和小隊長等幾人，雙手舉在頭上，被敵軍從一座陡峭的山坡往下趕。四周都是迫擊砲的殘殼。艾迪看到一個人影跑過樹林，結果那人在一陣霹哩啪啦的子彈聲中倒地。

他們在黑暗裡行進著，艾迪試圖把景觀記在腦子裡：小木屋、道路，以及一切能辨認出來的東西——他知道，這些線索將會是逃亡時的珍貴依據。遠處響起一架飛機的隆隆聲，艾迪心中突然湧出一股令人反胃的絕望感。對於一個被俘虜的士兵來說，這種自由與扣押就在一線之間的處境，是一種精神上的折磨。如果艾迪能夠往上跳，跳向飛機，抓住飛機翅膀，他就能夠飛離這場錯誤。

然而逃不掉。他和弟兄們的手腕與腳踝都被捆綁起來，扔進一間竹子搭的簡陋營房裡。這營房是一種高腳小屋，架在四枝支腳上，與泥濘的地面隔開。他們在小屋裡過了好幾天。好幾個星期。好幾個月。他們睡在塞了稻草的粗麻袋上，用一個陶土壺充當眾人的馬桶。夜裡，敵軍的守衛會爬到營房底下，監聽他們的對話。一天天過去，他們說的話越來越少。

他們日漸消瘦，身體變弱。他們瘦得都看到肋骨了——就連入伍時是個小胖子的拉波佐，也變得又瘦又弱。他們的食物是塞了鹽巴的飯糰，每隔一天則加一道褐色的清湯，湯上飄著幾根草。有一天晚上，艾迪從湯裡撈出一隻死了的大黃蜂。大黃蜂的翅膀不見了。

其他人都不吃了。

把他們抓過來的人，好像不確定該如何處置他們。入夜以後，敵軍帶著刺刀進屋來，在這群美國人的鼻子前面揮舞著刺刀的刀刃，用外國話大吼大叫，等著他們開口。這一套從來不曾奏效。

艾迪怎麼計算都認爲敵方只有四個人。小隊長猜測，對方也與原來的大隊走散了，也在想辦法撐日子，這在戰爭中是很常見的情形。敵軍的臉色憔悴，骨瘦如柴，頭上一小撮黑色的頭髮。其中一個看起來年紀很小，根本不像士兵。還有一個長了滿口歪歪扭扭的牙齒，艾迪從來沒看過那樣變形的牙齒。小隊長給他們取了綽號：瘋子一號，瘋子二號，瘋子三號，以及瘋子四號。

「我們不想知道他們的姓名，」他說：「而且，我們也不要讓他們知道我們的姓名。」

人會適應囚禁的日子，而有些人適應得比較好。摩頓是個從芝加哥來的瘦竹竿，愛說話，一聽到外頭有聲音就坐立不安，磨蹭著下巴咕噥說著「噢，該死，噢，該死，噢，該死……」，非要到別人叫他閉嘴否則他不會停。史米提來自紐約的布魯克林，爸爸是救火員，大多數的時候安靜寡言，可是他好像常常在嚥東西，喉節會上上下下滑動；艾迪後來才曉得，他是在嚼著自己的舌頭。拉波佐是從奧勒岡州波特蘭來的紅髮小子，醒著的時候老擺一副撲克臉，可是夜裡常常會叫著醒來：「不是我！別找我！」

艾迪多半處於激動狀態。他握緊一隻拳頭，往另一隻手的掌心重重擊去，就這樣一連擊掌好幾個鐘頭，摩拳擦掌，好似一名焦慮的棒球球員，就像他年少時代打球的德行。晚上，他夢見自己回到碼頭邊，在「賽馬會」旋轉木馬上，五個客人繞著圈子跑，一直跑到鈴響爲止。他與弟兄們比賽，與哥哥比賽，或是與瑪格麗特比賽；可是夢境一轉，變成是瘋子一號到四號騎著前後相連的小馬，戲弄他，對他冷笑。

在碼頭過了許多年等待的日子——等著遊樂設施抵達終點，等著海浪返回岸邊，等著他父親對他說話——這些等待，磨出了艾迪的耐性。可是，他想出去，他想復仇。他咬牙切齒，他以拳擊掌，他回想過去在老家所打過的每一場架，回想他當年用垃圾桶蓋子把兩個孩子打進了醫院。他想像著，假如這幾個敵軍手上沒有槍，他會怎麼對付他們。

有一天早上，他們這幾個俘兵被吼叫聲與閃亮的刺刀吵醒，那四個瘋子把他們挖起來，用繩子綁好，然後把他們帶進一座坑道。坑道裡沒有燈火。地面冷冰冰。那兒有十字鎬、鏟子和金屬吊桶。

「媽的，這是煤礦坑。」摩頓說。

從那天起，艾迪他們這幾個人被逼著從坑壁上取煤，幫助敵軍提高戰力。有人用鏟的，有人用刮的，有人搬運石板片並把石板搭成三角形，用來撐住坑頂。礦坑裡還有其他戰俘，是些不懂英文的外國人，用空洞的眼神看著艾迪。這裡面不准交談。每隔幾小時，每人可以喝一杯水。每天勞役終了，戰俘的臉總是黑得不像話，而頸項與肩膀則因爲整天彎腰而陣陣作痛。

被俘虜的頭幾個月，晚上睡覺時，艾迪都會把瑪格麗特的照片立在鋼盔裡，放在他面前。他不太相信禱告有效果，但如今他就唸著自己編造的禱詞，每天晚上數著日子，說：「主啊，您給我六天的時間與她在一起，我會把這六天獻給您……如果您給我九天的時間與她在一起，我會把這九天獻給您……如果您給我十六天的時間與她在一起，我會把這十六天獻給您……」

到了第四個月，事情不對了。拉波佐的皮膚冒出一大片難看的疹子，而且嚴重腹瀉。他什麼也吃不下。夜裡，他汗留不停，身上的髒衣服都濕透了。沒有乾淨衣物讓他換穿，於是他光著身子睡在粗麻袋上，小隊長把自己的麻袋當作被子，蓋在拉波佐身上。

隔天，拉波佐在礦坑裡站都站不穩。那四個瘋子沒有表示絲毫同情心。只要拉波佐動作慢了下來，四個瘋子就拿棍子打他，要他繼續刮煤。

「放過他吧。」艾迪咆哮道。

瘋子二號是四人裡最殘暴的一個，他用槍托猛打艾迪。艾迪倒下來，一陣疼痛在兩片肩胛骨之間擴散開來。

拉波佐又刮了幾片煤之後，不支倒地。

瘋子二號大吼大叫，要他起來。

「他生病了！」艾迪大喊，掙扎著到二號腳邊。

瘋子二號又把他揍倒。

「艾迪，你閉嘴。」小隊長低語：「這是爲了你自己好。」

瘋子二號彎身檢查拉波佐，把拉波佐的眼皮翻開，拉波佐呻吟了一聲。瘋子二號然後露出一個誇張的笑容，然後開始輕聲細語，好像在照顧一個嬰兒似的。他說了聲「啊」，然後就笑了。他笑著，並看著所有戰俘，一個一個注視，確定每一個戰俘都在看他。接著他掏出手槍，抵著拉波佐的耳朵孔，然後對著開槍。

艾迪覺得自己的身體被劈成了兩半。他的視線模糊，大腦麻木。槍響的回音在礦坑內迴響，拉波佐的臉泡在一團四散的帶血泥漿裡。摩頓用雙手捂住了嘴。小隊長眼睛看著地上。沒有一絲動靜。

瘋子二號把黑黑的塵土踢往屍體上，然後瞪了艾迪一眼，朝他腳邊吐口水。他對瘋子三號與瘋子四號大聲喊了幾句。三號與四號看起來似乎與戰俘們一樣震驚。瘋子三號一度搖了搖頭，嘴裡喃喃唸著什麼，好像在禱告；他的眼皮垂下來，嘴唇猛烈翻動。可是瘋子二號揮著槍桿，又開口吼叫。然後三號與四號慢慢拉起拉波佐的腳，沿著礦坑地面一路拖著屍體，留下一道長長的血痕，在黑暗中看起來像是溢出的油料。他們把屍體扔在牆邊，旁邊是一把鶴嘴鋤。

這之後，艾迪不再禱告了。也不再計算日子。不想遭遇同樣的命運，於是艾迪與小隊長只談逃亡的事。小隊長認爲，敵軍的戰力告急，才會要這些個半死不活的戰俘都下礦坑刮煤。日子一天天過去，礦坑裡的人數漸少。夜裡，艾迪聽見爆炸聲，而且聲音似乎逐漸接近。小隊長估計，如果情勢險惡，那四個敵軍會撤離，並毀滅一切。他曾經看到戰俘營房後面已經挖出了戰壕，那座陡坡上也安置了大型油桶。

「那些油料是要拿來銷毀證據的。」小隊長低語：「他們是在挖我們的墳墓。」

又過了三個星期。月色朦朧的夜空下，瘋子三號在戰俘營房裡守衛。實在太無聊了，他拿來兩顆差不多像磚塊那麼大的石頭，玩著丟與接的把戲。但他老接不住石頭，石頭掉在地上，他撿起來，再往上拋高，然後又讓石頭掉在地上。

一身黑塵的艾迪，眼睛一動，對於這砰砰砰的響聲覺得很惱火。他一直試著入睡卻都睡不著。這時，他直起身子，把眼前看個清楚。他覺得自己的膽量被逼出來了。

「小隊長……」他低聲說：「你準備行動了嗎？」

小隊長抬起頭：「你有什麼想法？」

「那些石頭。」艾迪朝著衛兵點點頭。

「怎麼樣？」小隊長問。

「我會耍球戲。」艾迪說。

小隊長瞇起眼睛：「什麼？」

可是這時艾迪已經朝衛兵大喝一聲：「喂！老兄！你的手法不對！」

他兩手擺動，做出一個繞圈的手勢：「像這樣！你要這樣耍才對！給我！」

他伸出雙手：「我會耍。給我。」

瘋子三號滿臉好奇看著他。艾迪覺得，在這幾個敵軍衛兵裡，對瘋子三號下手是最有勝算的。瘋子三號偶爾會從權充窗戶的小孔偷塞幾片麵包給戰俘。

艾迪又做了繞圈的手勢，並露出微笑。

瘋子三號上前一點，然後又停下，轉回去拿刺刀，然後才把兩顆石頭拿給艾迪。

「就像這樣。」艾迪毫不費力就開始扔起石頭，丟啊接啊的。他七歲的時候向一個義大利雜耍藝人學到這招，那個雜耍藝人一次可以耍六個碟子。艾迪不曉得花過多少時間練習，用人行道的圓石，用橡皮球，用任何他能找到的東西練習。這其實沒什麼。在碼頭樂園長大的小孩多半都會這個把戲。

然而此刻他快速拋接著這兩顆大石頭，拋，接，拋，接，速度越來越快。那個衛兵眞是開了眼界。

艾迪停了下來，伸手握著兩顆石頭，說：「再給我一個。」

瘋子三號咕噥了會兒。

「三個石頭，懂嗎？」艾迪伸出三隻手指：「三。」

這時候，摩頓與史米提都坐起來了。小隊長則漸漸挪近。

「現在狀況是怎樣？」史米提問得很含糊。

「如果能再拿到一個石頭……」艾迪也含糊回答。

瘋子三號打開竹門，做了一個艾迪期待中的舉動：他叫其他衛兵進來。瘋子一號拿著好大一塊石頭出現了。瘋子二號跟著進來。瘋子三號把石頭塞給艾迪，大叫了幾句，然後退後幾步，對其他衛兵笑，並打手勢要他們坐下，彷彿在說：「瞧仔細了。」

艾迪用很有節奏的方式拋接石頭。每個石頭都有他的手掌那麼大。他唱起了一首戲團的曲子。「答，答答答，答——……」衛兵笑了起來。

艾迪笑。小隊長也笑。牽強地笑著，爭取時間。

「再靠近一點。」艾迪把這句話唱出來，假裝是歌詞。摩頓與史米提慢慢移動，慢慢靠近，裝出一副很有興趣的樣子。

衛兵們正在享受這個餘興節目。他們的姿勢放鬆了。

艾迪屏住呼吸。再撐一會兒就好了。他把一個石頭丟得老高，然後耍著另兩顆石頭，再接住落下的第三個。然後他又重複一次。

「哇。」瘋子三號忍不住說。

「你喜歡這個？」艾迪問。他拋的速度更快了。

他一直把一個石頭拋得高高的，看著衛兵的眼睛跟著石頭往上移。

他又唱：「答，答答答，答——……」然後：「等我數到三，」然後：「答，答答答，答——……」然後：「小隊長負責左邊那個……」

瘋子二號起了疑心，皺起眉頭。然而艾迪露出了「露比碼頭」的雜耍藝人要拉回觀眾注意時的那種笑容：「看過來，看過來，看過來！」艾迪用哄小孩的口氣說：「地球上最偉大的表演哦，小朋友！」

艾迪把石頭越拋越快，然後數：「一……二……」然後把一個石頭丟到最高的位置。四個瘋子的視線也跟著往上移。

「就是現在！」艾迪大喊，並抓住一個拋到一半的石頭，使出他精湛的投球技巧，把石頭朝瘋子二號的臉上砸過去，打斷了他的鼻子。艾迪再抓住第二個石頭，用左手丟出去，命中了瘋子一號的下巴；瘋子一號往後倒，小隊長跳上前奪下他的刺刀。呆住了的瘋子三號回過了神，立刻掏出手槍猛烈開火，而摩頓與史米提抱住他的腿，把他擒倒。這時營房的門突然打開，瘋子四號衝進來，艾迪把最後一個石頭朝他扔過去，只差幾吋就打中他的頭；他低頭閃躲，這時手拿刺刀在牆邊伺機而動的小隊長，把刺刀刺進了瘋子四號的胸膛，力道非常猛，使得對方連同自己都摔出了門外。艾迪受到腎上腺素的刺激，往瘋子二號身上一跳，對著他的臉重重出拳，他以前在街上打架的時候從來沒有出過這樣重的拳。他抓起一塊不太硬的石頭，往瘋子二號的腦袋猛砸，一直砸一直砸，砸到他看見自己的手掌上有一團可怕的紫色黏液，登時明白那是血液與皮膚與煤灰的混合物——這時他聽見一聲槍響，於是他把那團黏液抹在自己太陽穴上。他抬頭一瞧，看到史米提站在一旁，握著敵軍的手槍。瘋子二號的軀體已經癱軟，胸口冒著血。

「這是爲拉波佐報仇。」史米提抿著嘴說。

幾分鐘裡，四個衛兵全死了。

這幾個瘦巴巴的戰俘，一身血跡，赤足跑向那座陡坡。艾迪原本預料會有一場火拼，要跟更多衛兵搏鬥，可是陡坡上一個人也沒有。其他的營房都是空的。事實上，整個營地都沒有人了。艾迪不知道他們跟這四個瘋子這樣子對峙了多久。

「其他人很可能在聽到爆炸聲之後就撤退了。」小隊長低聲說：「我們是這裡的最後一批。」

油桶擺在陡坡的第一個隆起之處。煤礦井的入口就在不到一百公尺以外的地方。附近有一座補給小屋，摩頓確認過裡頭空無一人後，衝了進去，出來的時候，抱了一大把手榴彈，拎著來福槍，以及兩管看起來很粗糙的噴火器。

「我們來把這裡燒光吧。」他說。

今天是艾迪的生日

蛋糕上寫著：「祝好運！要奮戰！」沿著香草糖霜的滾邊，有人加了幾個歪歪扭扭的藍字："Come home soon"（「早日回家」），可是字母"s-o-o-n"擠在一起，結果看起來像是"son"（「兒子」），看起來像是"Come home son"（「兒子回家」）。

艾迪的母親早就把兒子隔天要穿的衣服洗得乾乾淨淨，熨得平平整整。她把衣服用衣架撐好，掛在他房裡衣櫥門把上。衣服下方擺著一雙他的皮鞋。

艾迪在廚房裡，與羅馬尼亞來的小堂弟們鬧著玩，堂弟想在他肚子上搥幾拳，他把雙手背在身後。有人從廚房的窗户往外指著「巴黎旋轉木馬」，旋轉木馬爲夜間遊客點起了燈。

「是馬耶！」小男孩大叫。

前門打開了，艾迪聽見一個令他心跳加速的聲音。他在想，這算不算是一個他不能帶上戰場的弱點。

「你好啊，艾迪。」瑪格麗特說。

她在那兒，站在廚房的門口，看起來可愛極了。艾迪的胸口感受到一股熟悉的騷動。她抹去頭髮上的雨水，露出微笑。她手上拿著一個小盒子。

「我給你帶了一樣東西來，因爲你過生日嘛。還有，呃……也爲你送行。」

她又微微一笑。艾迪好想好想擁她入懷，他覺得自己快爆炸了。他才不管盒子裡的東西是什麼。他只想好好記住她遞上盒子的模樣。與瑪格麗特在一起，艾迪就想讓時間停止。

「好漂亮。」他說。

她笑起來：「你還沒打開呢。」

「聽我說，」他移近。「妳要不——」

「艾迪！」有人從另一個房間大喊：「快過來吹蠟燭了！」

「對啊！我們餓扁了啦！」

「噢，薩爾，噓！」

「我們眞的餓了嘛。」

有蛋糕有啤酒有牛奶有雪茄，大家舉杯預祝艾迪凱旋歸來。有那麼一刻，艾迪的母親哭了，抱著她的另一個兒子喬。喬留在國內，因爲他有扁平足。

飯後，艾迪與瑪格麗特沿著濱海步道散步。他叫得出每一個收票員與小吃攤主的名字，而這些人全都祝他好運。幾個年長的婦人眼眶含淚，艾迪料想她們也有兒子，而且已經戰死沙場了。

他與瑪格麗特買了鹽水太妃糖，有糖蜜、梅果、沙士等三種口味。他們把手伸進小小的白色紙袋裡挑糖，彼此的手指頭互相鬥弄。在「一分錢拱廊」遊戲場裡，艾迪用力拉著一隻石膏手，指針從「病懨懨」跳到「沒有殺傷力」，跳到「溫和」，一直跳到「猛男」。

「你眞的很強壯。」瑪格麗特說。

「我是猛男。」艾迪說，還展示了一下肌肉。

夜晚將盡，他們站在木板步道上，像他們在電影裡看過的情景一樣手牽手，倚著欄杆。

遠方的沙灘上有個拾荒的老人，用樹枝與破舊毛巾搭起一個小火堆，就著火堆縮成一團取暖，準備打發一夜。

「你用不著要我等你。」瑪格麗特突然說道。

艾迪有點緊張，嚥了嚥口水。

「我用不著？」

她搖搖頭。艾迪微笑。不必問出這個整晚掐著他喉嚨的問題，艾迪覺得彷彿有一根繩子從心裡拋了出來，一圈又一圈繞著瑪格麗特的肩膀，把她拉近，把她變成他的人。在這一刻，他最愛的就是她，超過世上一切。

一滴雨落在艾迪的額頭上。又一滴。他抬頭看看逐漸聚攏的雲層。

「嘿，猛男。」瑪格麗特說。她笑了一笑，隨即垮下了臉；她眨著眼睛，擠掉雨水，不過艾迪分不清那是雨滴還是淚珠。

「不要送了命，好嗎？」她說。

重獲自由的士兵往往狂暴無比。他失去的那些黑夜與白天，他承受過的折磨與羞辱——他要一個激烈的平反，他要一個情緒的平衡。

因此，當摩頓滿手偷來的武器，對著弟兄們說「我們來把這裡燒光」的時候，很快就獲得了一致卻不一定合情理的同意。這幾個大男人，再次有了掌控局面的感覺，帶著敵軍的武器四散開來：史米提朝著礦坑井的入口前進，摩頓與艾迪走向油桶，小隊長則去尋找交通運輸工具。

「五分鐘以後，就給我回來這裡！」他大吼：「大轟炸很快就會開始，我們必須趕緊離開。聽到沒有？五分鐘！」

五分鐘也足夠摧毀這個他們住了將近半年的地方。史米提把手榴彈向礦坑井一扔，然後拔腿就跑。艾迪與摩頓把兩個油桶推滾到有幾處小屋集中的地帶，撬開桶蓋，然後，打開了他們剛搶來的噴火器噴嘴，把兩個油桶點起火，看著小屋燃起。

「燒吧！」摩頓大吼。

「燒吧！」艾迪大吼。

礦坑井從地底下往上炸開來。礦坑入口冒出黑煙。史米提完成了任務，往會合的地點跑。摩頓把腳下的油桶踢進一間小屋，引燃了一串像繩子似的火線。

艾迪看著，輕蔑一笑，然後走下小徑，走到最後一間小屋。這間小屋比較大一點，比較像是糧倉。他提起手上的武器。一切都結束了，他對自己說道，結束了。這些個星期日月困在這群禽獸手上，這群不配叫做人的衛兵，一口爛牙，一臉骨頭，還在艾迪他們喝的湯裡加了死黃蜂。他不知道接下來會有什麼遭遇，但都不會比先前所承受的折磨更慘。

艾迪扣下扳機。咻。很快就著火了。竹子乾燥，不出一分鐘，這座糧倉的牆壁便已消熔在橘色與黃色的火焰之中。艾迪聽見遠處傳來隆隆的引擎聲——他希望小隊長已經找到了可以掩護的地方——這時候，天空突然傳來第一串轟炸聲，那是他們先前夜夜聽聞的聲音。現在聽起來更爲接近了。艾迪登時想到，眼前的大火誰都看得見。他們有可能獲救。他也許就可以回家了！他轉回去面對燃燒中的糧倉……

那是什麼？

他瞇起眼睛。

那是什麼？

有個什麼東西飛出門口。艾迪試著看個仔細。溫度很高，艾迪用沒有拿東西的那隻手護著眼睛。他不能確定，可是他覺得自己剛剛看到了一個小小人形在火海裡奔跑。

「喂！」艾迪大喊，往前進幾步，把武器放低。「喂！」糧倉的屋頂開始倒塌，火花四冒，烈焰亂竄。艾迪往後跳開。他的眼睛被燻出了淚。或許只是個影子吧。

「艾迪，快！」

摩頓在小徑的那一端，揮手叫艾迪過去。艾迪的眼睛灼痛，呼吸困難。他指著糧倉大喊：「我覺得那裡面有人！」

摩頓把一隻手放在耳後：「什麼？」

「有人……在……裡面！」

摩頓搖搖頭。他聽不見。艾迪轉過身去，幾乎可以確定他又看到了那個人影，就在那裡，在著了火的糧倉地板上爬行，體型像個孩子。從軍兩年多以來，艾迪只見過成年男人，而眼前這個模糊的身影不禁使他想起了家鄉的小堂弟，想起了碼頭樂園裡坐在他駕駛的「迷你鐵道」上和雲霄飛車上和海灘上的小朋友，以及瑪格麗特，以及她的照片，以及那一切被關在心房之外好幾個月的事物。

「喂！快出來！」他大喊。丟下了噴火器，朝糧倉再靠近一些：「我不會對你開槍——」有隻手抓住他的肩膀，猛把他往後拉。艾迪轉身，緊握著拳頭。來人是摩頓，對他大叫：「艾迪！現在得走了！」

艾迪搖搖頭：「不，不，等等，等一下，我想有人在那裡頭——」

「那裡面沒有人！走了！」

艾迪好急好難過。他回過身子朝向糧倉。摩頓又抓住他。這回艾迪一個粗暴的轉身，撞上了摩頓的胸口。摩頓跌在他腳邊。艾迪的腦袋嗡嗡響，臉孔因爲憤怒而扭曲。他再轉身看著火海，他的眼睛幾乎要閉上了。**瞧。那個是不是呢？在一堵牆後面打滾？是不是？**

他往前走，非常確定某個無辜的生命就要在他面前被活活燒死。這時，殘餘的屋頂全部塌下來，發出轟然巨響，火花四處飛散，有如電塵，像雨點一般落在他頭上。

在那一瞬間，關於戰爭的所有感覺，好像一團膽汁那樣從他心裡爆發出來。被俘虜，令他作嘔；殺人，令他作嘔；太陽穴上那團乾掉的血液與黏液，令他作嘔；轟炸、焚燒與一切的徒勞無功，令他作嘔。此刻，他只想搶救一些什麼，一小塊拉波佐，一小塊他自己，什麼都好，於是他蹣跚走進了燃燒中的糧倉殘骸，發了瘋似的認定每一個黑暗的角落裡都有一個人。飛機轟隆轟隆從頭頂上飛過，機上的槍管像打鼓似的不斷開火。

艾迪好像失了神。他踏過一灘燃燒中的油，他的衣服從背後著了火。一簇黃色的火焰竄上他的小腿、大腿。他抬起手臂，大喊大叫。

「我會幫你的！快出來！我不會開槍——」

一股椎心刺痛劃過了艾迪的腿。

他放聲吼出一長串痛苦的詛咒，然後就臥倒在地上了。他的膝蓋下方血流如注。

飛機引擎還在怒吼。天空發出藍色的閃光。

他躺在那兒，流著血，任憑火苗上身。忍著燒燙的熱度，他把雙眼閉了起來。生平頭一回，他覺得自己可以死去了。

這時，有人猛力把他向後拉，推著他在塵土中滾動，把他身上的火撲滅。艾迪太過震驚也太過虛弱，無力反抗。他像一大袋豆子似的滾著。不一會兒，他置身於某個運輸工具裡面，弟兄們都在旁邊，叫他要撐下去，要撐下去。他的背部燒傷，膝蓋失去知覺，又暈又累，非常非常疲憊。

小隊長憶起當年那段最後關頭，緩緩點著頭。

「你還有沒有印象，當時你是怎麼出來的？」他問。

「不太記得了。」艾迪說。

「前後花了兩天。你一會兒清醒，一會兒昏迷。嚴重失血。」

「我們還是撐過來了，」艾迪說。

「是啊……」小隊長拉長了字尾，最後化爲一聲嘆息：「那顆子彈確實傷到了你。」

其實，那顆子彈一直沒有完全清除。它切穿了好幾條神經與肌腱，還直直穿過一根骨頭，造成骨折。艾迪接受了兩次手術，都沒有完全解決問題。醫師都說，他會有一條瘸腿，隨著年齡增加，殘廢的骨頭會越來越糟。「我們盡力了。」他們告訴他。是嗎？誰知道呢？艾迪只知道，他在醫療站醒過來以後，他的人生永遠不可能跟以前一樣了。他再也沒辦法跑步。再也沒辦法跳舞。更糟的是，出於某種原因，他對事物的觀感跟以前再也不一樣。他變得封閉，看任何事物都覺得愚蠢而無意義。戰爭緩緩爬進了艾迪的體內，鑽進了他的腿與他的靈魂。他以士兵的身分學到了很多。回到家鄉的時候，他已經變了一個人。

「你知不知道，」小隊長說：「我祖上三代都是軍人？」

艾迪聳聳肩。

「是的。我六歲就知道怎麼用手槍了。我父親早上會到我床邊做內務檢查，他眞的會扔一枚兩毛五的錢幣在我床上。在餐桌上，我們小孩子開口閉口一定是『是，長官』、『不，長官』。

「我在當兵以前，只曉得聽命行事。當兵之後，我學的第一件事卻是發號施令。

「和平時期倒還好，招募到不少自命不凡的傢伙。可是後來戰爭開打了，新血湧進了軍隊，像你這樣的年輕人，一個個都朝著我敬禮，要我指揮他們做事情。我看得出他們眼中的恐懼。他們以爲我知道一些關於戰爭的秘辛，認爲我可以讓他們活命。你那時候也這麼想，對吧？」

艾迪不得不承認他是這麼想過。

小隊長把手往後伸，摩搓自己的頸子：「當然啦，我沒有那麼神通廣大。我也是聽命行事。可是，如果我沒辦法擔保能讓你們保住性命，我想我起碼能讓你們團結一心。當你置身於一場大戰之中，你會去找一個小小的信念當作信仰；一旦你找到了，你就會謹守那個信念，像一個士兵在散兵坑裡禱告時緊握著十字架。

「對我來說，那個小小的信念就是我每天告訴你們的那句話。誰都不會被丟下不管。」

艾迪點點頭：「這句話意義重大。」

小隊長面無表情看著他：「希望是這樣。」他把手伸進胸前的口袋，又拿出一根菸來點燃。

「爲什麼這麼說？」艾迪問。

小隊長噴出一口煙，然後用香菸尾端朝向艾迪的腿，指了一指。

「因爲，對你開槍的人，」他說：「是我。」

艾迪看著自己那條晃垂在樹枝上的瘸腿。手術的疤痕又露出來了。疼痛的感覺也回來了。他感覺到內心湧上一股自從死後至今從未有過的感受，事實上，他多年來沒有過這樣的感受了：那是一股暴烈而洶湧的怒氣，也是一種很想要傷害什麼東西的慾望。他稍微瞇起眼睛，瞪著小隊長；小隊長眼神空白，彷彿料到了接下來的進展。小隊長讓香菸從指間滑落。

「請便吧。」他低聲說。

艾迪放聲大叫，撲向小隊長；兩個男人從樹枝摔下，往地面掉，擦碰過樹枝與藤蔓，並在墜落的過程中互相打鬥。

「爲什麼？你這混帳！混帳！不是你！爲什麼這樣做？」他倆在泥濘的地面扭打成一團。艾迪跨坐在小隊長的胸膛上，對著他的臉猛掄拳頭。小隊長沒有流血。艾迪抓著他的衣領搖他，抓著他的腦袋朝泥地猛敲。小隊長不閃不躲，反而順著艾迪的每一拳而翻滾，由著艾迪發洩怒氣。最後，小隊長用一隻胳臂就抓住了艾迪，把他翻倒在地。

「因爲，」他口氣平靜，用手肘抵著艾迪的胸膛：「如果不那樣做，我們就會因爲那場火而失去你。你會死的。然而你的時辰還沒有到。」

艾迪氣喘吁吁：「我的……時辰還沒有到？」

小隊長繼續說：「你那時候像中了邪似的走進去。摩頓想阻止你，但你差一點就把他打昏。我們有一分鐘的時間離開，可是你他媽的力氣眞大，太難打倒你了。」

艾迪感覺到殘餘的怒氣湧上心頭，於是又抓住小隊長的領子。他把小隊長拉近，看到小隊長嘴裡被菸草染黃的牙齒。

「我……的……腿！」艾迪怒火奔騰：「我的人生！」

「我毀了你的腿，」小隊長靜靜地說：「是爲了救你的命。」

艾迪放開小隊長，精疲力盡。他胳臂痛。他發暈。這麼多年來在他心上盤桓不去的那個關鍵時刻，就是那麼一個錯誤，就使得他的人生完全改變。

「那間小屋裡半個人也沒有。我到底在想什麼？我那時候要是沒有進去……」他的音量變小，變成低聲自語：「我為什麼不就這樣死了算了？」

「誰都不會被丟下不管——記得這句話吧？」小隊長說：「發生在你身上的狀況——我以前就見識過。士兵會撐著，撐到了某一個點，就再也沒辦法上去了。有時候在大半夜裡，某個傢伙會從帳篷裡滾出來，四處走動，沒穿鞋，衣衫不整，一副就要回家鄉的樣子，好像他家就住在轉角似的。

「有時候是打仗打到一半，某個大兵會把手上的槍往地上一丟，眼神渙散。他就是不行了，沒辦法繼續打仗了。這種的下場通常都是中彈。

「你的情形也一樣，就是這麼發生了，就在我們只差一分鐘就把營地全部搞定的當頭，你在一片火海前面崩潰了。我不能讓你活活給燒死呀。我當時猜想，一點腿傷應該會痊癒的。我們把你從火場裡拖出來，其他弟兄把你送進了醫療站。」

艾迪的呼吸急促，彷彿胸口有一把榔頭在敲打著。他的腦袋一片混亂，滿腦子泥巴與樹葉的畫面。

他過了一分鐘才聽懂小隊長的最後一段話。

「其他弟兄？」艾迪說：「你說『其他弟兄把我送去醫療站』，這話什麼意思？」

小隊長站起身，把腿上的一根小樹枝拍掉。

「你後來有沒有再見過我呢？」他問。

艾迪在那之後再也沒見過小隊長。他被送上飛機，運往軍醫院，最後因爲殘疾而退伍，坐飛機飛回美國的故鄉。幾個月後，他聽說小隊長沒能活著回來，不過他認爲小隊長應該是跟著其他部隊在後來的戰役裡犧牲了。其實後來有一封信是要寄給他的，信裡裝著勳章，可是艾迪把那封信扔到一邊，連拆都沒拆開。戰後幾個月的日子沈重而令人傷感，他逐漸忘了服役期間的諸多細節，而且也沒有興趣再回憶戰時種種。過了一段時間，他的住址也改了。

「就像我先前對你說過的，」小隊長說：「破傷風？黃熱病？那一大堆預防針？根本是浪費我的時間。」

他往艾迪肩膀背後的方向點了點頭，於是艾迪轉過身去看。

他看到的，不再是那片荒蕪的山丘，突然變成是他們逃亡的那個夜晚。朦朧的月亮高掛夜空，飛機抵達，幾座小屋陷入火海。小隊長開著運輸車，上面有史米提、摩頓，還有艾迪。艾迪躺在後座對面，既有燒傷，也有皮肉傷，陷入半昏迷狀態。摩頓在艾迪受傷的膝蓋上方綁了一條止血帶。砲擊漸漸逼近，每隔幾秒鐘便照亮黑色的天空，彷彿陽光忽隱忽現。運輸車抵達山丘頂後突然來個急轉彎，然後便停了下來。

前面有一扇大門，是用木頭和鐵絲做起來的臨時門。路的兩側都是陡坡，車子沒辦法迂迴前進。只見小隊長抓了一把來福槍，跳下車去。他開了槍，把鎖打壞，推開大門。然後他打個手勢，叫摩頓接管方向盤，然後又指了指自己的眼睛，表示他會在前頭察看路況。

這條路彎彎曲曲進了一片灌木林。他用跑的，用他沒穿鞋的腳盡力跑，跑過了這條路上的彎道，跑了五十公尺遠。

路面沒有障礙物。他對手下揮了揮手。一架飛機轟隆轟隆低空飛過，他抬頭察看是敵機還是我機——就在那一刻，在他抬頭往上看的那一刻，他的右腳板底下發出了一個小小的喀擦聲。

地雷瞬間爆炸，好似從地心深處打了一個嗝，爆出沖天烈焰。小隊長被炸得飛起來，飛到離地五六公尺高。他當場被炸開，化爲一大團著了火的骨骸與軟骨，以及上百塊焦黑的肉塊，有一些飛越了泥地，落到了榕樹上。

第二個功課

「天哪。」艾迪閉上了雙眼，頭往後仰：「噢，天哪。噢，天啊！這一切我都不曉得呀，長官。這實在是讓人想吐。太可怕了！」

小隊長點點頭，移開了視線。那座山丘又變回寸草不生的模樣，有動物的屍骨與損壞的貨運馬車，還有悶燒中的村莊殘蹟。艾迪恍然大悟，這兒就是小隊長的葬身之地。沒有葬禮，沒有棺木，只有粉碎的骨骸與泥濘的大地。

「這段時間以來，你一直在這裡等我嗎？」艾迪低聲問。

「時間，不是你以爲的那個樣子。」小隊長在艾迪身邊坐下來：「死去？那也不是事物的結束。我們以爲死亡就是結束。可是，發生在人世的一切，都只是開端。」

艾迪一臉迷惘。

「我認爲這好比聖經裡說的，亞當與夏娃的約定那一段，你曉得那段吧？」小隊長說：「就是講亞當在凡間的第一個晚上那一段？講他躺下身來要睡覺的時候，以爲一切都要結束了，對吧？他不知道什麼叫做睡覺。他閉上眼睛，心想自己就要離開世界了，對不對？

「結果他沒有離開。隔天早上他醒過來，有了一個全新的天地可以打造。而他還多了一項東西。他擁有了昨日。」

小隊長咧開嘴笑：「在我看來，我們來到此地，爲的就是這件事。這就是天堂。天堂，讓你有機會理解你的昨日。」

他拿出塑膠菸盒，手指在盒上輕輕敲著：「你知道我在說什麼嗎？哎，我就是一直沒有當老師的本事。」

艾迪緊盯著小隊長看。他以前以爲小隊長的年紀很大。可是此刻，小隊長臉上的煤灰擦掉了一些，他發現小隊長沒什麼皺紋，一頭烏黑的濃密頭髮。他一定只有三十出頭。

「你死了之後就一直待在這裡。」艾迪說：「而待在這裡的時間是你在世上歲數的兩倍呢。」

小隊長點頭。

「我一直在等你。」

艾迪的眼睛往下看。

「藍膚人也是這樣對我說。」

「這個嘛，他確實是在等你。他是你生命的一部分，是你之所以活在人間的原因之一，是你爲什麼會用這種方式活著的原因之一，他也是你必須理解的故事裡的一個環節。不過，他告訴了你他那個部分的故事之後就離開了。再過不久，我也會離開。所以，現在你要仔細聽。因爲，接下來這些話，是你要聽我說才會知道的事。」

艾迪覺得自己的背挺直了起來。

「犧牲。」小隊長說：「你犧牲過。我犧牲過。我們都曾經做過犧牲。可是，你對於自己的犧牲感到憤怒。你一直想著自己失去了什麼。

「你沒有弄懂這一點。犧牲是人生的一部分。犧牲是應該的。犧牲沒有什麼好悔恨的，卻是值得嚮往的事情。小小的犧牲。大大的犧牲。一個母親爲了讓她兒子上學唸書而工作。一個女兒搬回家住，爲了就近照顧她生病的父親。

「男人上戰場打仗……」

他停了一會兒，眼神看向多雲的灰色天空。

「你知道嗎，拉波佐沒有白死。他是爲了國家而犧牲，他的家人明白這一點，而他的小弟也受到哥哥的感召，成了一個優秀的軍人，一個出眾的男人。

「我也沒有白白送命。那天夜裡，說不定我們會整車的人一起碾過那枚地雷。那麼，我們四個人就會全部上西天。」

艾迪搖搖頭：「可是你……」他放低了聲音：「你失去的是生命啊。」

小隊長發出了舌頭咂嘖的聲音：「正是。有時候，你犧牲了某個珍貴的東西，並不代表你眞的失去它，你只不過是把它傳遞給了另一個人。」

小隊長走向那座象徵性的墓碑，那枝頂著鋼盔、垂吊著兵籍號碼牌的來福槍；槍還插著。他把鋼盔與兵籍號碼牌放在一側腋下，把來福槍從土裡拔起，像擲標槍一樣扔出去。那把槍一直飛，始終沒有落地，飛進了天空裡，不見蹤影。

小隊長回過身來。

「沒錯，我是對你開了槍。」他說：「你是失去了某些東西，但，你也獲得了某些東西，只不過還不曉得自己得到了什麼。而我也有收穫。」

「是什麼？」

「我守了信用啊。我沒有扔下你不管。」

他伸出手。

「關於腿的事，你會原諒我嗎？」

艾迪想了好一會兒。他想著自己受傷後所吃的苦，想著自己因爲失去了一切而發怒。

接著，他想起小隊長付出的是什麼，不禁覺得慚愧。於是他伸出一隻手——小隊長緊緊握住了它。

「我一直在等這個。」

突然間，濃密的藤蔓從榕樹枝上掉下來，「咻」一聲化入了土裡，消失不見。然後，只不過打一個呵欠的幾秒鐘過去，就冒出了健康的新生樹枝，長滿了光滑而強韌的葉叢，以及一小團一小團的無花果實。小隊長只抬眼瞄了一下，一副事情的進展正如他的預期的表情。然後他張開手掌，擦去了臉上的煤灰。

「小隊長？」艾迪說。

「什麼事？」

「爲什麼是這裡呢？你要等，在什麼地方都可以等，對吧？藍膚人就是這麼說的。那麼，你爲什麼會選這裡？」

小隊長笑了：「因爲我是戰死的呀。我死在這片山丘上。我走的時候，幾乎什麼都不知道，我談的是戰爭，想的是作戰計畫，我出身於打仗的家族。

「我希望看看這世界假如沒有戰爭會是什麼面貌，看看它在我們開始自相殘殺之前是什麼樣子。」

艾迪環顧四周：「可是眼前分明是在作戰。」

「那是你以爲的樣子。然而你我的眼光不一樣。」小隊長說：「你看到的東西和我看到的不一樣。」

他舉起一隻手，周圍烽煙四起的景象開始轉變。瓦礫消失了，樹木長起來，一棵又一棵，泥濘地面變成青翠茂盛的草地。陰鬱的雲層逐漸散盡，像帷幔由中心往兩旁拉起，露出了透藍的天空。一團淡淡的白色薄霧落在樹頂上方，地平線上一輪水蜜桃色澤的太陽，燦爛明亮，映照著這座島四周的閃亮海面。潔淨，純粹，未經破壞的美麗。

艾迪抬頭注視他昔日的長官，只見長官的臉龐乾淨清爽，身上的軍服突然變得平整。

「眼前這一切，」小隊長高舉雙臂：「才是我所看見的景象。」

他在那兒站了好一會兒，盡情享受美景。

「順便告訴你，我現在不抽菸了。你先前看到我抽菸，那只是你以爲我還在抽菸。」

他咯咯發笑：「我在天堂裡幹嘛抽菸呢？」

他舉步離開。

「等一等，」艾迪喊道：「我必須弄清楚一件事。我死掉的那件事。就在那個遊樂園碼頭上。我救起了那個小女孩了嗎？我感覺到了她的雙手，可是我想不起來——」

小隊長回過身來，艾迪把話吞了進去。想到小隊長當初死得那麼慘，他也就不好意思再問了。

「我只是想知道而已，就這樣。」他咕噥了幾字。

小隊長搔了搔耳朵後方，用充滿同情的表情看著艾迪：「我不能告訴你，大兵。」

艾迪的頭垂了下去。

「不過，某人可以告訴你。」

他把鋼盔與兵籍號碼牌朝艾迪拋了過來：「這些是你的。」

艾迪低下頭看。鋼盔邊緣內側有一張皺巴巴的照片，照片裡的女人又使得他整顆心揪了起來。他再抬起頭來，小隊長不見了。

星期一，早上七點三十分

意外發生後的隔天早晨，多敏蓋茲一大早就來到工作房。他並沒有像平常一樣抓個麵包配飲料當早餐吃。遊樂園關閉了，可是他還是來了這裡，而且打開了水槽的水龍頭。他在水流下沖著手，想著等會兒要清洗一些遊樂飛車器具的零件。然後，他關上水龍頭，抛開了這個念頭。四下無聲，似乎比一分鐘之前安靜一倍。

「怎麼啦？」

威利站在工作房門口。他穿著綠色的寬條紋背心和寬大的牛仔褲，手上拿著一份報紙。報紙頭版標題：「遊樂園慘案」。

「我睡得很不好。」多敏蓋茲說。

「嗯。」威利倒在一張金屬凳子上：「我也沒睡好。」

他坐在凳子上，轉了半圈，兩眼無神看著報紙：「你覺得他們什麼時候才會讓這裡重新開放？」

多敏蓋茲聳聳肩：「那要問警方。」

他們靜靜坐了一會兒。多敏蓋茲嘆氣。威利把手伸進工作服的口袋裡翻找口香糖。這是星期一。早上。他們正等著那個老人來上班，展開一天的工作。

在天堂遇見的第三個人

突然颳起了一陣風，把艾迪吹起來，他像是一枚被鍊子繫住的懷錶，耍動鏈子，懷錶就跟著團團轉。四周冒出一團濃煙，把他裹進了一道色彩繽紛的煙柱裡。天空好似要把他吸過去，像一條毯子要收束起來似的。然後他覺得皮膚碰到了天空。然後，天空又四散射開，迸裂成綠玉色。星星出現了，千萬顆星星，像是在翠綠的蒼穹灑了鹽。

艾迪眨了眨眼。此刻他置身於山間，而且是雄偉無比的高山，山脈綿延不絕，峰頂白雪覆蓋，岩石嶙峋，還有陡峭的紫色斜坡。兩座山峰之間有一塊平坦處，這兒有一座黝黑的大湖。湖面映著皎潔的月色。

艾迪注意到，山脊下方有一道彩色的光線忽隱忽現，色彩每隔幾秒鐘就改變一次，很有規律。他往那束光的方向走去——這時他發現腳下踩著雪，雪深到足踝處。他抬起腳，用力甩開。雪花鬆散落下，閃著金光。他碰了碰雪花，感覺起來既不冷也不濕。

這是在哪兒呀？艾迪心想。他再一次評估自己的身體狀況，按一按肩膀、胸膛與肚子。他的上手臂肌肉仍然緊緻有彈性，不過手臂中段稍微有點鬆弛而肥軟了。他猶豫了一會兒，才捏了捏左膝蓋。左膝抽痛，艾迪趕緊鬆手。離開小隊長的時候，他本來希望他的腿傷也會消失。現在發現並沒有消失。他似乎就要變成他在人世時的那副樣子，有疤而又肥胖的那個樣子。天堂爲什麼要你重新經歷一次衰老的過程呢？

他跟隨著閃爍的光芒走下窄窄的山脊。眼前的景致，蒼勁而無聲，令人屏息，比較像是他想像中天堂的模樣。

有一刻，他心想，路途會不會就這樣結束了？小隊長會不會說錯了？他不會再遇到任何人了嗎？他穿過雪地，經過一塊突出的岩塊，來到一大片空地，這兒，就是冒出閃光的地方。他又眨了眨眼睛——這次是出於懷疑。

在雪地裡，孤伶伶立著一棟狀似貨車車廂的建物，外觀是不銹鋼，屋頂則是紅色酒桶形，頂上有個閃爍的招牌寫著：「吃食」。

是一家小餐館。

艾迪以前在這類的小餐館消磨過很多時間。這些地方看起來都一樣——椅背高高的雅座隔間，櫃台擦得亮晶晶，餐館正面一整排嵌著小塊玻璃的窗戶，從外頭看去，用餐的客人看起來像是搭坐火車的旅客。現在，艾迪可以透過那些窗戶把裡頭的形影看清楚：客人聊著天，比手劃腳。他走上了覆蓋著雪的台階，來到了嵌有兩塊玻璃的門前，往裡面瞧。

右邊，一對老夫婦正在吃著派餅；他們沒注意到艾迪。有的客人坐在大理石櫃檯前的旋轉椅上，有的坐在雅座裡，大衣掛在掛勾上。這些人看來是不同年代的人：艾迪看見，有一個女人穿著三〇年代的高領連身裙，有一個年輕男子的手臂上刺了一塊六〇年代的和平標誌刺青。許多客人看起來都受過傷。一個穿工作服的黑人少了一隻胳臂。一個年輕女孩的臉上有一道很深的傷口。艾迪敲著窗戶，但沒有人發現艾迪。他看見廚師頭戴白色紙帽，櫃檯上擺著一盤又一盤熱騰騰的餐點，等著送上客人的桌子——那些菜色的顏色鮮豔無比：深紅色的醬料，黃色的奶油。他從前面一路往最裡面看，看到了右邊角落的最後一個雅座。他愣住了。

他看見的，是他不可能看到的景象。

「不可能。」他聽見自己低語。他轉身背對著門，深呼吸幾口氣。他的心怦怦亂跳。他又轉回去再看一次，然後猛力拍打窗玻璃。

「不！」艾迪大吼：「不！不！」他一直敲，直到他確定玻璃就要被敲破了，這才住手。「不！」他一直吼，吼到他喉嚨裡終於冒出那個字，那個他一直想要喊出來、但幾十年都說不出口的字。然後，他便放聲大叫了出來——他喊得如此大聲，喊得他的頭都痛了。可是，雅座裡的那個人影仍然弓著身子，無動於衷，一隻手放在餐桌上，另一隻手則握著雪茄，始終沒有抬頭，不管艾迪狂吼了多少次，一次又一次：

「爸！爸！爸！」

今天是艾迪的生日

退伍軍人醫院。母親在光線黯淡而死氣沈沈的走廊上打開了白色的糕點盒，重新調整蛋糕上的蠟燭，要讓兩邊的蠟燭數目相同，一邊十二根，另一邊也十二根。其他人在母親身旁圍觀——艾迪的父親、喬、瑪格麗特和米基・席亞。

「誰身上有火柴？」她低聲問。

衆人拍了拍口袋。米基從外套裡摸出一包菸，掉出了兩根香菸，落在地板上。艾迪的母親把蠟燭點亮了。電梯匡郎匡郎到達了大廳，門一開，冒出一張病床。

「好了，我們走。」她說。

他們走動的時候，小小的燭火左搖右晃。一群人進了艾迪的病房，輕聲唱起「祝你生日快樂，祝你生日快——」

隔壁床的士兵醒過來，大喝一聲：「搞什麼鬼？」然後他發現了自己人在病床上，於是又躺了回去，神情尷尬。生日快樂歌一旦被打斷，似乎就沈重得讓人唱不下去了。只剩艾迪母親的聲音，抖著，繼續唱下去。

「祝艾迪生日快——樂——……」然後她加快速度唱完：「祝你生日快樂。」

艾迪倚著枕頭，把自己撐起來。他身上的燒傷部位上了繃帶。長長的石膏裹住他的腿。床邊有一副手杖。他看了看這幾人的臉，心裡有一種強烈的慾望想要逃開。

哥哥喬清了清喉嚨：「呃，你看起來挺不錯的嘛。」其他人馬上應聲附和。很不錯。對呀。非常好。

「你媽準備了蛋糕。」瑪格麗特低聲說。

艾迪的母親走上前，彷彿現在輪到了她上前。她遞上了硬紙盒子。

艾迪喃喃說了聲：「謝啦，媽。」

她環顧四周：「該把蛋糕放在哪兒呢？」

米基拉了一把椅子。喬清理出一張小桌子的桌面。瑪格麗特移開艾迪的手杖。只有他父親沒有因爲不安而忙東忙西。他靠著牆，手臂上挽著一件外套，眼睛一直瞪著艾迪那隻從大腿到腳踝都打上了石膏的腿。

艾迪與父親四目相望。父親把視線移開，垂下眼，一隻手在窗台上來回滑動。艾迪繃緊了身上的每一束肌肉，完全憑著意志力，把眼淚逼回淚腺裡。

所有父母都會傷害子女。這是沒辦法的事。年少歲月好比最純淨光滑的玻璃，凡是為了拿取它而造成的痕跡，它照單全收。有些父母在玻璃上抹了髒污，有些造成裂縫，有些則是把子女的童年徹底摔成銳利的小碎片，無法修補。

艾迪的父親對艾迪所造成的傷害，一開始是忽視。艾迪還是小嬰兒的時候，他父親幾乎不曾抱過他；長大一點，父親多半是抓住他的胳臂，那動作很少是出於愛，卻比較常是因為惱怒。母親給了溫柔；他父親的存在則是為了管教。

星期六，父親會帶他到碼頭去。艾迪出門時，幻想著即將會有旋轉木馬與棉花糖。可是過了大約一小時，他父親就會找個熟面孔來：「替我看著這孩子，好嗎？」於是艾迪便由某個雜耍演員或馴獸師照顧，一直到父親回來接他，那時多半已是傍晚，父親往往已是醉醺醺。

儘管如此，艾迪的木板步道年少歲月裡，不知道有多少時候是坐在欄杆上，或是穿著短褲蹲在維修房的工具箱上，等待著父親注意到他。他常常說：「我可以幫忙，我可以幫忙！」而他只得到一份任務：早上，在遊樂園開門營業之前，爬到摩天輪底下，撿拾前一晚從遊客口袋裡掉出來的銅板。

一個星期裡，他父親起碼有四個晚上在玩撲克牌。牌桌上有錢，有酒瓶，有香菸，還有規矩。對艾迪訂下的規矩簡單扼要：不可以吵大人。有一次，他想站在父親旁邊看父親手上的牌，結果父親放下手中的雪茄，大發雷霆，用手背甩了艾迪一耳光，叫他「別往我身上呼氣」。艾迪淚流滿面，母親把他拉過來擁在腰際，怒目瞪著丈夫。艾迪從此沒有那樣靠近父親。

有些晚上，手氣不順，酒瓶乾了，而他母親又已就寢的時候，他父親會把火氣帶進艾迪與喬的臥房。他一把抓起一些便宜的玩具，往牆上扔。然後，他會抽出腰間的皮帶，要兩個兒子臉朝下趴在床墊上，抽打兒子的屁股，大罵兒子亂花他的錢去買垃圾玩意兒。艾迪曾經暗自禱告祈求母親能醒過來，但即使母親果眞醒來了，他父親也會警告母親「不要插手」。艾迪看著母親站在走廊上，雙手緊抓著身上的睡袍，與自己一樣無助，這讓情況變得更糟糕。

碰觸了艾迪童年玻璃的那雙手，嚴厲、粗硬，由於憤怒而漲紅。艾迪的童年就在掌摑、痛揍與鞭打之中度過。繼忽視之後，這是第二種傷害：因爲暴力造成的傷害。這項傷害的結果，使得艾迪可以從門廳裡傳來的足音有多重，就知道自己等會兒挨揍的程度有多慘。

經過了這些傷害，儘管有這些傷害，艾迪暗地裡仍然崇拜他的父親。這是因爲，即使父親的行爲舉止糟糕透頂，做兒子的人還是會崇拜自己的父親。兒子們因此學會了全心付出。一個少年在還不懂得忠於上帝或全心愛一個女人之前，他會先效忠自己的父親，效忠到愚蠢的地步，甚至到難以解釋的程度。

偶爾，艾迪父親那副漠不關心的表面，會露出一絲引以爲榮的紋路，這好比是往微弱的餘燼裡添一些柴火。在十四街旁的學校運動場邊，他父親站在棒球場的柵欄後面，看著艾迪打球。假如艾迪棒子一揮，把球擊往了外野，父親會點點頭──當父親點了頭，艾迪就會在壘包周圍跳來跳去。有時候，艾迪在街上跟人打了架，回到家，父親會注意到他身上擦傷的關節或者裂開的嘴角。他問：「對方怎麼樣了？」艾迪說自己把對方揍了一頓。

這，也獲得了父親的稱許。欺負他哥哥的孩子——那些是他母親口中的「無賴」——被艾迪修理過後，喬很難爲情，躲進了房裡。可是艾迪的父親會說：「別管他。你長得比較壯。要保護你哥。別讓任何人動他一根汗毛。」

艾迪唸中學以後，學著父親在夏日裡的作息，天沒亮就起床，在遊樂園裡工作到太陽下山。起初，他先操作一些簡單的遊樂器材，操作煞車桿，讓小火車平穩停妥。後來，他便到維修房做工。父親開始拿維修問題考艾迪。他會遞來一具斷裂的駕駛盤，說：「修一修。」他會指著一串糾結的鍊條，說：「修一修。」他會抱來一塊生了鏽的防護板和若干磨沙紙，說：「修一修。」每一次完成了父親交付的任務，艾迪就帶著修好的物件，走過去交還給父親，說：「修好了。」

到了晚上，父子倆一起坐在餐桌前，胖嘟嘟的母親一身汗水在爐邊忙著煮飯，他哥哥喬講個不停，頭髮與皮膚都有海水的味道。這些年下來，喬成了游泳好手，暑假就在「露比碼頭」的游泳池打工。喬說著他在游泳池畔看到的泳客、泳客的泳衣、泳客的錢。父親沒有特別反應。有一次艾迪偷聽到父親對母親說起喬：「那傢伙，吃不了什麼苦，只能玩玩水。」

然而，艾迪很羨慕晚上所見到的喬，曬得褐亮，看起來乾淨清爽。艾迪自己的指甲也跟父親一樣，髒兮兮，沾了油污。在晚餐桌上，艾迪會用大拇指的指甲彈弄其他的手指甲，想把髒污清掉。有一次他發覺父親在看他揩指甲，父親咧著嘴笑。

「那表示你努力工作了一整天。」他這樣說，並且伸手展示他自己骯髒的指甲，然後用手握住了一杯啤酒。

這個時候——已經是個魁梧大男孩的艾迪，只是點點頭。他渾然不覺，自己已經開始用打信號的儀式與父親相處，放棄了用言語或肢體來表示彼此的親近。這一切都是在內心世界形成的。你就是應該明白這一點，就是這樣。拒絕親近。傷害已經造成。

後來，有一天晚上，兩人開始連話都不說了。那是戰後艾迪出了院，腿上的石膏也拿掉了，回到一家人在海灘林大道上的公寓。他父親在附近的酒吧喝酒，深夜返家後，發現艾迪在沙發上睡著了。戰鬥的黑暗面使得艾迪變了樣。他足不出戶。他很少開口說話，連對瑪格麗特也不說。他花好多時間望向廚房窗戶外，看著旋轉木馬，揉著他疼痛的膝蓋。他母親壓低聲音說他「只是需要時間平復」，可是他父親逐漸憂慮不安，他不懂什麼是憂鬱沮喪；對他而言，這叫軟弱。

「給我起來，」他大吼，話講得不是很清楚：「去找工作。」

艾迪醒了。父親又在大吼大叫了。

「給我起來……去找工作！」

老頭子搖搖晃晃，走向艾迪，推了他一把：「快起來，去找工作！快起來，去找工作！快起來……你給我……去找工作！」

艾迪用手肘撐起來。

「快起來，去找工作！快起來，去——」

「夠了！」艾迪大吼，猛然站起來，不顧膝蓋的痛楚驟然迸出來。他瞪著自己的父親，父親的臉近在眼前。他聞到酒精與香菸造成的口臭。

艾迪的父親瞟了艾迪的膝蓋一眼，聲音低沈咆哮：「看見沒？你……的傷……沒那麼……嚴重。」

父親的手往後，作勢準備揮拳；可是，艾迪出於本能，一把抓住了父親揮到一半的胳臂。老頭子雙眼睜大。這是艾迪生平頭一次對父親採取自衛行動，頭一次不把自己當作活該挨揍，而是出現了其他動作。父親看著他自己緊緊握著的拳頭，他未能擊中目標的拳頭，鼻孔大張，咬牙切齒，踉蹌後退，使勁抽回自己被艾迪抓住的胳臂。他瞪著艾迪，像注視著一列火車駛離。

從此，他再也不跟兒子講話。

在艾迪這塊玻璃上，這是最後一道落下的掌紋。緘默。在後來的歲月裡，緘默籠罩著他們之間。艾迪搬出去住，父親不說話；艾迪開計程車，父親不說話；艾迪結婚，父親不說話；艾迪回來探望母親，父親也不吭聲。母親聲淚俱下哀求丈夫，希望丈夫回心轉意，忘掉不愉快。可是，艾迪的父親只咬著牙，對她說出他在其他人提出同樣要求時也會說的話：「那孩子對我揚起了手。」然後不再討論此事。

所有父母都會傷害子女。這是他們共同的人生。忽視。暴力。緘默。而此刻，在死後所來到的某個地方，艾迪抵著一面不銹鋼牆面，頹然倒下，落在雪堆裡。他再一次感受到錐心刺痛，因爲這個男人拒絕了他，而他簡直無法解釋爲什麼自己仍然渴望得到他的愛，但這男人即使到了天堂還是對他不理不睬。他自己的父親。傷害已經造成。

「不要生氣，」一個女性的聲音說道：「他聽不到你喊他的。」

艾迪猛一抬頭。一個老婦人站在他面前的雪地裡。她的臉很瘦削，兩頰的肌肉鬆垮下垂，嘴唇上了玫瑰色的口紅，白髮往後梳攏，一絲不亂，某些部位的白髮相當稀疏，露出了粉紅色的頭皮。她戴著金絲邊框的眼鏡，鏡片後一雙細長的藍眼睛。

艾迪想不起她是誰。婦人身上穿的衣服款式，屬於艾迪出生以前的年代。那是一件用絲與薄綢製成的連身裙，上半身是圍裙樣式的合身上衣，縫了白色的小串珠，上衣在脖子下方還結了個絨布蝴蝶結；她的裙腰有個萊茵石假鑽的裝飾釦，側邊裙頭則有好些個鉤釦。她站立的姿勢很高雅，雙手握著一把陽傘。艾迪猜想，她生前是個有錢人。

「倒也不是一輩子都很有錢。」她好似聽見了艾迪的心聲，笑著這麼說：「我的成長背景跟你很相像，也是在大城市的貧困區域長大，十四歲的時候不得已輟了學。我是女工。我的姊姊妹妹也都是。我們把賺來的每一分錢都拿回家裡——」

「為什麼我父親聽不到我喊他呢？」艾迪打斷她的話。他不想再聽別人的故事。

她笑了：「因為，他的靈魂——最終得以安然無恙成為我死後來世的一部分。但他並不是真的在這裡。在這裡的是你。」

「為什麼我父親是因為妳而安然無恙？」

她頓了頓。

「來吧。」她說。

忽然間，他們置身於山腳下。小餐館透出來的光芒此刻只是個微弱的光點，像一顆落入岩縫的星星。

「很美，對不對？」這老婦人說道。

艾迪注視老婦人的雙眼。她有些什麼事蹟吧，好像在什麼地方看過她的照片。

「妳是不是……我該遇見的第三個人呢？」

「我確實就是。」她說。

艾迪搔搔腦袋。這女人是誰呀？藍膚人也好，小隊長也好，艾迪至少都記得他們在他生命中的位置。但爲什麼要遇上一個陌生人？爲什麼是現在遇上她？艾迪以前曾經期望，死亡能讓他與早他一步辭世的人們重聚。他參加過太多葬禮了，把黑皮鞋擦亮，找出帽子，佇立在墓園裡，每一次心中都懷著同一個傷心欲絕的問號：**爲什麼他們走了，我卻還在這裡？**他的母親。他的哥哥。他的姑姨與伯舅。他的死黨諾爾。瑪格麗特。牧師總這麼說：

「總有一天，我們都會在天國裡團聚。」

假如這兒就是天堂，那麼，那些人到哪裡去了？艾迪打量著眼前這名陌生的老婦人。

他從來沒有覺得像現在這麼孤單過。

「我可以看看人間嗎？」他低聲問。

她搖搖頭，不行。

「我可以跟上帝談談嗎？」

「什麼時候都可以。」

他猶豫了一會兒，才問出下一個問題。

「我可不可以回去？」

她瞇起眼睛：「回去？」

「對啊，我想回去。」艾迪說：「回到我的人生去。回到最後的那一天。是不是要我做什麼才能讓我回去？我可以不可以保證我會很乖？我可以不可以保證我會去做禮拜？有沒有這樣的事情？」

「爲什麼要回去？」她好像覺得很有意思。

「爲什麼要回去？」艾迪重複。他重重拍打著沒有涼意的雪，雙手感受不到雪的濕氣。「爲什麼？因爲，這個地方對我來說沒有意義。因爲，假如我應該成爲天使的話，我現在卻一點都不像天使。因爲，我覺得我根本沒弄懂狀況。我甚至連自己怎麼死的都想不起來了。我只記得那一雙小小的手——我試圖搶救的小女孩，妳懂嗎？當時我正要把她拉開，我一定是抓住了她的雙手，就在那時候我……」

他聳了聳肩。

「死了？」老婦人帶著微笑說道：「去世？往生？去見造物主？」

「死了。」他呼出一口氣：「我就只記得這些了。然後就遇見了妳，還有其他人，然後經歷這一切。人死的時候，不是應該獲得平靜的嗎？」

「想獲得平靜，」老婦人說：「你必須先跟自己和解。」

「才怪，」艾迪搖搖頭說：「才不是這樣。」他在想，要不要告訴她，戰爭結束後的每一天他都過得起伏不安，夜裡作惡夢，對所有事情都提不起勁；他去碼頭邊看到魚群被捕進寬大的繩網裡，覺得很不舒服，因爲他在那些無助翻動的魚群身上，看到了身陷羅網而無法逃脫的自己。

但他畢竟沒對她講出口，只說：「女士，我沒有惡意，可是，我根本不認識妳。」

「可是我認識你呀。」她說。

艾迪嘆了口氣。

「是嗎？怎麼會呢？」

「這個嘛，」她說：「你撥一點時間聽我說。」

她坐了下來，不過眼前沒有任何物件可以坐。她就坐在半空中，像個仕女那樣雙腿交疊，背脊直挺。長裙在她身旁仔細收攏，一陣微風吹來，艾迪聞到一股淡淡的香水味。

「我前面說過，我原本是個女工，在一家叫做『海馬燒烤』的地方當服務生。那餐廳就在你長大的那片海邊。也許你還記得吧？」

她說到小餐館的時候，點了點頭。記憶驟然湧上艾迪心頭。當然記得啦，那個地方。他在那兒吃過早餐。大家都說那兒是廉價飯館。多年前就拆掉了。

「妳？」艾迪差一點笑了出來：「妳曾經是『海馬』的女服務生？」

「沒錯，」她可得意了：「我給碼頭工人端咖啡，爲卸船貨的工人送上蟹肉餅與培根。「容我加上一句，當年我可是很有魅力的女孩呢。很多人上門求婚，都被我拒絕了。姊姊妹妹數落我說，妳以爲妳是誰啊，這麼挑剔？她們說，『趁著年輕，早點找個人嫁了吧。』

「後來，一天早上，有個男人進了店裡，我生平沒見過這樣英俊的男人。他穿著一套有白色細紋的西裝，頭戴一頂圓頂窄邊的禮帽。深色的頭髮經過細心修剪，小髫子下始終掛著微笑。

「我上前替他服務，他對我點點頭。我試著不要盯著他瞧。不過，在他跟同伴們說話的時候，我聽到他渾厚而自信的笑聲。我兩次逮到他往我這邊看。他付帳的時候，說他叫做艾彌爾，還問我說他能不能來拜訪我。那一刻我就明白了，我的姊妹們再也不必催促我做決定了。

「我們談戀愛的過程眞是精彩，因爲艾彌爾是有錢人。他帶我去我從來沒去過的地方，買了我從來沒想過能穿上的衣服送我，請我吃一些我在窮苦生活中從來沒吃過的大餐。艾彌爾的財富累積得很快，他投資木材與鋼鐵。他揮金如土，他喜歡冒險——腦袋裡一出現新點子，他就卯足了勁去做。我猜想，這就是爲什麼他會被我這種窮困女孩吸引。他厭惡那些生在有錢人家的人，而喜歡做那些『世故的人』永遠不會做的事。

「譬如到濱海名勝區來遊玩。他愛極了遊樂園裡的設施和口味又鹹又重的料理，他喜歡吉普賽人、算命仙、猜重量的藝人和表演跳水的女郎。我們兩個都愛海。有一天，我們坐在沙灘上，海浪緩緩打在我們的腳邊，這時候，他要我嫁給他。

「我高興得不得了。我對他說我願意，然後我們聽著孩童在海裡嬉戲的聲音。艾彌爾又一次發了狂想，誓言很快要爲我建造一座濱海遊樂區，永遠留住這一刻的幸福——永遠年輕。」

老婦人微微一笑：「艾彌爾實現了他的諾言。幾年後，他與一家鐵路公司談妥了合作，這家公司正想增加週末的乘客數量。你知道嗎，絕大多數遊樂園都是因爲這個原因而興建。」

艾迪點點頭。他明白。但大多數的人都不曉得。很多人以爲，遊樂園是小精靈用手杖糖蓋起來的。事實上，對於鐵路公司來說，遊樂園的目的是賺錢，鐵路公司在營運路線的終點站興建遊樂園，如此一來，平常搭火車通勤的乘客到了週末也有搭火車的理由了。你曉得我在哪兒工作嗎？艾迪以前常常這麼說。就在鐵路的終點，我就在那兒工作。

「艾彌爾啊，」老婦人繼續說：「蓋了一座最棒的樂園，用他手上的木材與鋼鐵做出了一片大碼頭。然後冒出了神奇的遊樂設施，賽車啦、兜風車啦、小船之旅啦，還有迷你鐵道。他還從法國進口了一座旋轉木馬，又在德國的萬國博覽會上買來一座摩天輪。遊樂園裡有高塔、尖塔樓，還有幾千盞白熾燈，把遊樂園點得好亮好亮，夜裡，從海上的輪船甲板上就可以看到遊樂園。

「艾彌爾雇用了好幾百個工人，包括本地的工人和巡迴藝人，也有外國來的工人。他買下各種動物、雜耍演員和小丑。遊樂園的入口是最後完成的部分，眞是富麗堂皇，大家都這麼說。大門入口完工的時候，他把我的眼睛蒙上布，然後帶我過去。他把我臉上的遮眼布拿掉的時候，我看到了。」

老婦人從艾迪身邊退開一步。她一臉好奇的表情看著他，彷彿有些失望。

「就是那個入口呀。」她說：「你不記得了嗎？你從來沒想過這座樂園名字的由來嗎？這是你工作的地方呀！也是你父親工作的地方，不是嗎？」

她用戴著白手套的手指輕輕碰了碰胸口。接著，她微微欠身，好似要來個正式的自我介紹。

「我，」她說：「名叫露比。」

今天是艾迪的生日

他三十三歲。他突然驚醒，上氣不接下氣。他濃密的黑髮上滿是汗水。他對著一片黑暗用力眨眼睛，拼了命要感覺到他的手臂和關節，這些事物才能讓他知道自己此時是在麵包店樓上的公寓裡，而不是又回到了當年戰場上的那個村莊，那場大火。又是那個夢。何時方休？

快要凌晨四點鐘了。就不必再睡了吧。他等著自己的呼吸緩和了，這才慢慢下床，想辦法不要吵醒妻子。習慣使然，他先讓右脚觸地，免得左腿先出去必然會出現僵硬。艾迪每一天開始的方式都是同一個模樣。走一步，跛一步。

進了浴室，他察看了充血發紅的眼睛，然後往臉上潑水。總是那一個夢：在菲律賓戰場上的最後一夜，艾迪徘徊於熊熊烈火中。村子裡的小屋捲入火海，一直響著一個又長又尖的聲音。某個看不見的東西打中了艾迪的腿，他朝它拍打，卻撲了空；他又拍打一次，又撲了空。火勢越燒越烈，像一具引擎在怒吼。史米提出現了，對著艾迪喊叫：「快呀！快呀！」艾迪試著說話，可是他一張開嘴，卻冒出了又長又尖的聲音。然後某個東西攫住他的雙腿，把他拉進泥濘的土裡。

這時候他就會醒過來。渾身冷汗。呼吸急促。每一次都是這樣。最糟糕的不是失眠。最糟糕的是，夢境過後籠罩在他身上的那一大團黑暗，像一片陰鬱的薄膜一樣把他的白天裹住。他即使在心情好的時刻，也覺得被什麼封住了，那些快樂，僅僅是在一大片堅硬的冰上鑿出來的幾個洞孔罷了。

他靜靜穿好衣服，下樓去。計程車就停在街角，在往常停放的地點。艾迪擦去擋風玻璃上的濕氣。他從來沒對瑪格麗特說起那團黑暗。假如她揉著他頭髮問說：「怎麼了？」他總回答：「沒什麼，只是累壞了。」然後就什麼都不說了。假如認爲她應該爲你帶來快樂，又怎能對她訴說悲傷？事實上，他不說，是因爲他也不知道該如何解釋。他只知道眼前有某個東西，擋住他的去路；日子一久，他就放棄了很多東西，他放棄了攻讀工程的想法，放棄了旅行的計畫。他在自己的人生路上坐了下來。一直待在原地，不動。

這天晚上，艾迪工作結束，在轉角處把計程車停好。他緩步拾級上樓。他住的公寓傳來了樂聲，那是他熟悉的一首歌。

你讓我愛上了你

當初我不想愛上你，

當初我不想愛上你……

他打開家門，看見桌上有個蛋糕，還有個小小的白色紙袋，用絲帶束著。

「親愛的？」瑪格麗特從臥室裡喊：「是你回來了嗎？」

他拿起白色袋子。太妃糖。從碼頭買來的。

「祝你生日快樂……」瑪格麗特出來了，用她輕柔的嗓音唱著。她看起來很美麗，穿著艾迪喜歡的印花洋裝，做了頭髮，上了口紅。艾迪覺得他需要深呼吸，彷彿覺得自己不配享有此時此刻。他與內心的那團黑暗交戰：「別來煩我。」他對那團黑暗說：「讓我感覺到我應該要有的感覺吧。」

瑪格麗特唱完了歌，吻上他的唇。

「想不想跟我搶太妃糖吃？」她耳語著。

他又吻了她。

這時有人急急敲著門。

「艾迪！你在不在？艾迪？」

那是麵包店的老闆納森遜先生，就住在公寓一樓店面後頭。他家有電話。艾迪打開家門，納森遜先生站在門外，身穿浴袍，一臉擔憂的表情。

「艾迪，」他說：「快來。有人打電話過來。我想，你父親出事了。」

「我是露比。」

啊原來，艾迪懂了為什麼這個女人看起來如此眼熟了。他看過一張照片，大概是在維修房後頭的某個地方看到的吧，就夾在遊樂園第一任老闆留下的老舊手冊與文件之中。

「那座舊的入口……」艾迪說。

她點點頭，帶著滿意的表情。「露比碼頭」原本的入口曾經稱得上是顯眼地標。那是一座巨大的拱型建築物，仿造一座法式歷史建築的樣式，建物的圓柱表面刻有凹槽，頂上有穹形的圓屋頂。在那個圓頂之下，畫了一張美女的臉孔，遊客就在圓頂下進進出出。那個女人就是露比。

「可是那個入口在好久以前就毀了。」艾迪說：「有一場大……」

他突然住嘴。

「火災，」老婦人說：「我知道。眞是好大一場火。」她的下巴垂了下來，視線透過眼鏡往下看，好像在讀著一本放在自己大腿上的書。

「那天是七月四日國慶日，放假日。艾彌爾最喜歡假日了，他都說：『對生意有好處。』如果國慶日那天生意很好，那麼整個夏天可能都會跟著生意興隆。所以艾彌爾安排了煙火。他還弄來一支遊行樂隊，他甚至額外雇了一些工人，多半都是碼頭工人，特別爲了那個週末而準備。

「可是，國慶日的前一天夜裡出事了。那天天氣很熱，太陽下山後還是很熱，於是有些工人就睡在屋外，在工作小屋正後方。他們在一個金屬圓桶裡面起火，烤東西吃。

「夜漸漸深了，他們一邊喝酒一邊喧鬧。工人抓起幾個比較小的煙火，引燃施放。風一吹，火花飄揚。那年頭，什麼東西都是用車床跟瀝青做的……」

她搖搖頭：「接下來的事情發生得好快。火舌往遊樂園中心蔓延，燒上了小吃攤子，燒上了獸欄。工人一哄而散。等到有人來我們家把我們叫醒，說是『露比碼頭』失火的時候，從我們家的窗戶看出去，已經看到了可怕的橘黃色火焰。我們聽見馬蹄聲，還有消防隊的救火車聲。街上都是人。

「我求艾彌爾別去，可是沒用。他非去現場不可，他要去跟熊熊烈火拼命，想辦法搶救他努力多年的心血。等到樂園的入口也著了火，那個有我的名字與我的畫像的入口著了火，他又氣又驚慌，最後失去了理智，忘了自己身在何處。他拼命拿小木桶往火場潑水，這時一根柱子倒下來，落在他身上。」

她兩手的十指合攏，摀住了嘴：「一個晚上的時間，徹底改變了我們的後半生。愛冒險的艾彌爾，只為那座碼頭買了最低額的保險。他的財產沒了。他要送我的大禮物也成了一場空。

「他很絕望，把這片焦黑的土地賣給了一個從賓州來的商人，成交價遠遠低於它應有的價值。那個商人保留了『露比碼頭』這個名字，不多久也讓這座樂園重新開張。它再也不屬於我們了。

「艾彌爾身心都受了傷。他花了三年的時間才又能夠走路。我們搬了家，搬到市郊一間小小的公寓，簡單過日子。我照料著一個受了傷的丈夫，心裡並且悄悄想著一個念頭。」

她停了下來。

「什麼念頭？」艾迪說。

「我好希望他從來沒有蓋過那座樂園。」

老婦人靜靜坐著。艾迪凝視著寬廣的綠玉色天空。他心想，老婦人這個念頭，他自己不知道想過多少次了；不管那個興建「露比碼頭」的人是何許人也，眞希望他當初把那一大筆錢拿去做別的事。

「知道了你丈夫的遭遇，我覺得很難過。」艾迪這麼說，主要是因爲他也不知道該說什麼才好。

老婦人笑了：「謝謝你，親愛的。不過在那場大火之後，我們夫妻倆又活了好多年。我們養大了三個孩子。後來艾彌爾身體一直不好，經常進出醫院。我五十多歲的時候，他就拋下我走了。你看看我這張臉，看看這些皺紋？」她轉過臉，抬起臉頰：「每一道皺紋，都是我吃的苦。」

艾迪皺起眉頭：「我不懂。我們以前……以前見過嗎？妳有沒有來過碼頭呢？」

「沒有，」她說：「我再也不想看到那座碼頭。不過我的孩子會去，孩子們的孩子和孫子也都去。可是我不去。我心中的天堂，離那片大海遠遠的，是在當初那間忙碌的小餐館，回到那段生活單純的日子，回到艾彌爾追求我的時候。」

艾迪揉了揉他的太陽穴。他吐了一口氣，冒出薄薄的霧。

「告訴我，我爲什麼會在這裡？」他說：「我的意思是，妳的故事與那場大火，全都是在我出生之前的事兒呀。」

「在你出生以前所發生的事情，還是會影響到你。」她說：「比你早來到這世上的人，也會對你造成影響。

「我們每天進出的場所，如果沒有前人的付出，今天就絕對不會存在。我們每天在工作場所投注許多時間，我們常常以爲，那些地方是因爲有了我們之後才出現的。其實並非如此。」

她把食指輕輕扣在一塊兒：「要不是有艾彌爾，我不會嫁作人婦。要不是我跟他成了夫妻，就不會有那座碼頭。要不是有那座碼頭，你後來也不會到那兒去工作了。」

艾迪搔了搔頭：「所以，妳是要告訴我與工作有關的事嗎？」

「不是。」露比回答的聲音輕柔了一些：「我是來告訴你，你父親怎麼去世的。」

那通電話是艾迪的母親打來的。那天下午，艾迪的父親昏倒了，倒在遊樂園裡「少年火箭飛車」東側的木板步道盡頭。他高燒不退。

「艾迪，我好害怕啊。」他母親的聲音在發抖。她對兒子說，幾天前的一個晚上，他父親到了大清早才回家，全身濕淋淋，衣服沾滿了沙，一隻鞋子不見了。她說他身上都是海水的味道。艾迪敢說，父親身上一定也有酒味。

「他開始咳嗽。」他母親說明：「而且愈咳愈兇。我們那天就應該馬上看醫生才對……」她絮絮叨叨說了起來。她說，他那天後來還是去工作，人還病著呢，腰上掛著工具和球頭鎚，就跟平常一樣——可是晚上回到家以後，他不吃東西，躺在床上又是乾咳又是喘氣，汗水溼透了汗衫。隔天狀況更糟。結果，今天下午人就倒了下去。

「醫生說是肺炎。噢，早知道我就該做點什麼的。早知道就該做點什麼的……」

「妳早知道的話你能做些什麼呢？」艾迪氣壞了，氣母親擔下這一切。還不都是他父親愛喝酒才會這樣。

透過電話線，他聽見母親在哭。

艾迪的父親說過，他在海邊耗了很多個年頭，他呼吸的是海水。現在，離開了海邊，被困在醫院病床上的他，像一尾上了岸的魚一樣逐漸衰竭。併發症出現了。他的胸腔充血。病況從樂觀變成穩定，從穩定變成嚴重。朋友們本來都說「他住個一天就會出院回家了」，後來變成「住個一星期就會出院」。父親住院請假，於是艾迪就到碼頭幫忙，白天開計程車，晚上就去工作房給軌道上油，檢查煞車盤，測試控制桿，甚至修理故障的飛車零件。

他眞正的目的是要保住他父親的飯碗。遊樂園老闆肯定他的表現，於是付他工資，數目是他父親薪資的一半。他把工資交給母親。母親天天去醫院，幾乎每個晚上都睡在醫院裡。艾迪與瑪格麗特則替母親打掃公寓，幫她張羅三餐。

艾迪十幾歲的時候，如果膽敢抱怨碼頭很無聊，或露出覺得碼頭很無聊的表情，他父親就會厲聲說：「怎麼？你嫌這裡不夠好啊？」後來，艾迪高中畢業，父親建議艾迪去找工作，艾迪差一點笑出來，這時他父親又說：「怎麼？你嫌這建議不夠好啊？」還有，在上戰場之前，艾迪提到自己想娶瑪格麗特爲妻，並且打算當個工程師的時候，他父親說了：

「怎麼？你嫌現在不夠好啊？」

縱使他父親說過那種話，現在，他還是來到碼頭，接手他父親的差事。

最後，有一天晚上，拗不過母親的要求，艾迪去了醫院一趟。他緩緩走進病房。這些年來拒絕跟他說話的父親，如今就算想跟他講話，也沒力氣了。父親撐著沈重的眼皮，看著兒子。艾迪在心中翻騰了半天卻找不到一句話來說，於是做出了一個他唯一想得到的動作：他伸出兩隻手，給父親看看他沾滿油污的指尖。

「別擔心，小子。」其他的維修工對他說：「你老爸會撐過來的。我們沒見過像他那樣強悍的漢子。」

父母很難得會放開自己的孩子，因此便由做子女的來放開父母。孩子們往前走；孩子們離開。這個放手的時刻出現的時候——得到了母親的認可，父親的點頭——它會被子女的成就蓋住。非要到日後，子女們自己也皮肉鬆垂、心臟耗弱的時候，這才會明白，他們的故事和他們所有的成就，都要從母親父親的故事開始說起，石頭上又疊著石頭，他們人生的生命之水流過。

消息傳來，父親去世了——「悄悄溜走了」，護士這麼告訴他，彷彿他父親上街買牛奶去了——艾迪感受到一種最空虛的憤怒，一種在憤怒裡面打轉的憤怒。艾迪和絕大多數工人的兒子一樣，曾經想像自己父親會以英雄一般的姿態死去，以此對平庸的一生提出反擊。一個酗酒成性而不省人事的濱海小鎮工人，能有什麼英雄姿態可言。

隔天，他去了一趟父母住的公寓，走進父母的臥室，拉開所有抽屜，以爲能發現一點他父親的內心世界。他翻到了銅板、一枚領帶夾、一小瓶蘋果白蘭地、一團橡皮筋、幾張電費帳單、鋼筆，一個有美人魚圖案的打火機。最後，他找到一副撲克牌。他把那副牌放進了口袋。

葬禮的規模不大，也很簡短。葬禮過後的幾個星期，艾迪的母親活在恍惚失神裡。她跟丈夫說話，彷彿他還在世。她對他大叫，要他把收音機音量轉小。她煮兩人份的晚餐。她把床上兩邊的枕頭都拍鬆，雖然明明只睡一個人。

有天晚上，艾迪看見她在流理台上收拾餐盤。

「我來幫忙。」他說。

「不用，不用。」他母親答道：「你爸爸會幫我收。」

艾迪把一隻手放在母親的肩上。

「媽，」他很輕很柔地說：「爸已經走了。」

「他走去哪兒啦？」

隔天艾迪去了計程車行，表明自己要辭職了。兩個星期之後，他與瑪格麗特搬回他當年從小住到大的建築物裡——門牌號碼六B的公寓，門廊狹窄，從廚房窗戶望出去就可以看到旋轉木馬。他接下遊樂場的一份差事，以便就近照顧他母親。這份差事就是他以前年年在做的暑假工作：「露比碼頭」的維修工。有件事艾迪從來沒有說出口——沒有對妻子說過，沒有對母親說過，他誰也沒說——他怪父親就這樣死去，他怪父親把他困在這樣一種他原本想盡辦法要逃開的生活裡頭；眼前的生活，確實是夠好了，他聽見父親在墳墓裡笑著這樣說。

今天是艾迪的生日

他三十七歲。早餐要涼了。

「鹽巴呢？」艾迪問諾爾。

諾爾嚼著滿嘴的香腸，滑出雅座，往另一桌彎身過去，抓了一個鹽罐回來。

「給你。」他話說得含糊不清：「生日快樂啊。」

艾迪用力搖晃鹽罐：「不讓鹽罐消失在桌上，有那麼困難嗎？」

「你以爲你是誰啊，餐廳經理嗎？」諾爾說。

艾迪聳聳肩。才只是早上，卻已經很熱了，濕氣又重。這是他與諾爾的固定聚會：每個星期有一天，兩人一起吃早餐，都是在星期六早上，那個時段，遊樂園還沒有熱鬧起來。

諾爾做的是乾洗生意。艾迪幫他拿到了「露比碼頭」維修工制服的洗滌合約。

「你覺得這個臉蛋漂亮的傢伙怎麼樣？」諾爾把他手上的《生活》雜誌翻到某一頁，上面有張照片，是個問鼎政壇的年輕人：「這種貨色怎麼選得上總統啊？他還是個小孩子嘛！」

艾迪聳聳肩：「他的年紀跟我們差不多。」

「沒唬我吧你？」諾爾的眉毛揚了起來：「我以爲要年紀再大一點才可以當總統。」

「我們是年紀大了一點啦。」艾迪說。

諾爾闔上雜誌。他把嗓音放低了：「喂，你聽說沒，布萊頓出事了？」

艾迪點點頭，喝了口咖啡。他聽說了。一座遊樂園。吊籃兜風樂，某個東西突然斷了。一對母子從六十呎的半空中摔下來，死了。

「你在那裡有沒有認識的人？」諾爾問。

艾迪用上下兩排牙齒輕咬著舌頭。每隔一陣子，他就會聽到這一類的事故，某個地方的某個遊樂園出了意外，他聽說後總會渾身一抖，彷彿耳邊飛過一隻黃蜂似的。他沒有一天不擔心同樣的事情會在他所照管的「露比碼頭」裡發生。

「沒有，」他說：「我在布萊頓那邊沒認識什麼人。」

他望向窗外，火車站湧出一大群前來海邊遊玩的民衆。他們帶著大毛巾和陽傘，拎著柳條籃，籃裡裝著用紙包裹起來的三明治。有些人甚至帶了最新的行頭：折疊式的椅子，輕巧的鋁製品。

有個老頭子頭戴一頂草帽走過去，嘴裡叼著雪茄。

「你瞧瞧那傢伙。」艾迪說：「我跟你打包票，他會把雪茄扔在木板步道上。」

「是嗎？」諾爾說：「那又怎麼樣？」

「那雪茄會掉進裂縫裡，然後燒起來。你聞得出來那種味道。木板表面的化學物質，一碰到火馬上就冒煙。昨天我才抓到一個小鬼，年紀絕對不超過四歲，他正準備把一截雪茄屁股放進嘴裡。」

諾爾扮了個鬼臉：「然後呢？」

艾迪側過身：「然後沒怎樣。大家應該更小心一些才對，我只是要說這個。」

諾爾叉起了滿滿的香腸送進嘴裡：「你眞會耍寶。你過生日的時候都這麼搞笑嗎？」

艾迪沒回答。多年來，那團陰影一直在他旁邊沒有離去。如今他習慣了，爲那團陰影騰出一個位子，就像在擁擠的巴士上爲其他乘客讓出空間。

他想著今天的維修工作內容。「哈哈屋」裡的哈哈鏡破了。碰碰車要做新的保險桿。黏膠，啊對，他提醒自己，要多買一些黏膠。他想起在布萊頓的那些可憐人。他想知道，負責操控的人是誰。

「你今天幾點下班？」諾爾問。

艾迪吐了一口氣：「今天會很忙。你也曉得的，夏天，又是星期六。」

諾爾揚起一邊的眉毛：「我們應該可以在六點以前趕到馬場。」

艾迪想到瑪格麗特。每回諾爾提到賽馬場，他總會想到瑪格麗特。

「好啦，去啦。今天你過生日耶。」諾爾說。

艾迪拿叉子往盤裡的蛋一戳。蛋冷了，不必費事去吃了。

「好吧。」他說。

第三個功課

「那座碼頭，有那麼糟嗎？」老婦人問道。

「不是我自己選擇要去那裡的。」艾迪嘆了口氣：「我母親需要人幫忙。一件事牽著另一件事。一年又一年就這麼過去。我從來沒有離開碼頭，從來沒有住過別的地方，從來沒有賺到像樣的財富。妳也知道這是怎麼回事兒吧——你會習慣，別人也依靠你過日子，但有一天你醒來，發現星期二和星期四沒有差別。你做著一模一樣的無聊差事，你是個『飛車師傅』，就像……」

「就像你父親一樣？」

艾迪沒答腔。

「他生前對你很嚴厲吧。」老婦人說。

艾迪垂下視線：「是啊。怎麼了？」

「也許，你對他也很嚴厲吧。」

「我不覺得。妳知道他最後一次跟我說話是什麼時候嗎？」

「是他最後一次想要打你的時候。」

艾迪看了她一眼。

「那麼，妳知道他對我說的最後一句話是什麼嗎？『去找工作』。眞是個好父親，對吧？」

艾迪心頭湧上一陣怒氣：「可是我告訴你，」他厲聲道：「妳不了解這傢伙。」

「話是沒錯，」她起身：「不過我曉得一些你不知道的事情。現在該是讓你知道的時候了。」

露比用陽傘的傘尖指向地面，並用陽傘在雪地上畫了一個圈。艾迪往圈裡看，覺得自己的眼睛從眼窩裡掉了出來，不受控制，自由移動，往下看到一個洞裡，進入了另一個時空。眼前景象逐漸清晰：那是好多年以前，還在那間舊公寓裡的景況，屋裡的前後左右都映入了他的眼簾。

他看見了這些：

他看見他母親，一臉憂慮，坐在廚房的桌前。他看見母親的對面坐著米基・席亞，看起來很狼狽，全身濕淋淋，不斷用手掌從額頭往下揉到鼻子上。他開始啜泣。艾迪的母親倒了一杯水給他。她示意要他等著，然後往臥房走去，關上了房門。她脫下鞋子與家居服，拿了一件罩衫和一件裙子。

艾迪看得見公寓裡的每個角落，可是聽不見這兩人在說什麼，只隱約聽到聲音。他看見米基在廚房裡，當作沒看見那杯水，從外套裡摸出個酒瓶，大口大口喝著。然後，他緩緩起身，步履蹣跚，走向臥室。他打開了臥室的門。

艾迪看見他的母親，衣衫不整，滿臉驚訝轉過身來。米基搖搖晃晃。母親抓了一件睡袍裹著自己。米基更靠近了。她出於本能伸出手阻擋他。米基僵住，只僵住那麼一瞬，然後就抓住母親伸過來的手，抓住了艾迪的母親，然後把她往後壓在牆上，緊靠著她，抓住她的腰。她不安地扭動，大叫出聲，推擠米基的胸膛，同時緊緊握牢身上的睡袍。米基比較高大，也比較強壯，他把滿是鬍渣的臉埋進她的臉下方，往她脖子上擦抹眼淚。

這時，前門開了，艾迪的父親站在門口，淋了一身雨，腰間掛著球頭鎚。他跑進臥室，看見米基抓著他老婆不放。艾迪的父親大喝一聲，揚起了鎚子。米基抱頭往門口衝去，把艾迪的父親撞往一旁。母親在哭，胸口起伏，滿臉淚水。她丈夫抓住她的肩膀，猛烈搖晃著她。她的睡袍落了下來。兩人都在吼叫。然後，艾迪的父親往公寓外面走，用鎚子敲碎了一盞檯燈。他蹬蹬蹬下了樓梯，衝進雨夜裡。

「**那**是怎麼回事？」艾迪不可置信地大叫：「到底是怎麼一回事？」

老婦人不語。她往雪地上的圓圈旁邊一站，又畫了另一個圈。艾迪努力往洞裡瞧。他忍不住要看。他再度往下掉，看見了另一幕。

他看見了這些：

他看見暴風雨下在「露比碼頭」最遠的那一端，也就是大家口中的「北點」，那是一道窄窄的防波堤，伸向遠遠的大海。天空黝黑。雨勢很大。米基・席亞踉踉蹌蹌走往防波堤的盡頭。他跌倒在地，肚子上下起伏。他躺在地上，臉朝上看著暗沈的天空，然後他滾向一旁，滾出了木頭欄杆。他掉進了海裡。

不一會兒，艾迪的父親出現了，左顧右盼，前找後找，手裡還握著鎚子。他抓著欄杆往海面搜尋。強風把大雨吹得斜斜打下來。他的衣服濕透了，皮製的工具腰帶也被雨打得幾乎變黑色了。他看見海浪裡有個東西。他停下腳步，卸下腰帶，扯掉一隻鞋子，然後試著脫另一隻鞋，脫不掉，於是他不管了。他彎身穿過欄杆，縱身一躍入海，濺起了水花。

米基在波濤洶湧的海裡載浮載沈，似乎是意識不清了，嘴裡流出泡沫狀的黃色液體。艾迪的父親向他游過去，在風中狂吼。他抓住米基。米基一把甩開他。艾迪的父親又撞了回去。天上轟隆轟隆劈著雷。雨水打在他們身上。他們又抓又打，場面火爆。

米基猛烈咳了起來，於是艾迪的父親抓住了米基的胳臂，鉤在自己的肩膀上。他沈入水裡，又浮上來，然後用自己的重量撐著米基的身軀，朝岸邊游去。他一踢水，兩人往前進。一道大浪把他們往回打。然後兩人又向岸邊前進一些。大海不斷衝刷著他倆，可是艾迪的父親仍然緊緊嵌在米基的腋下，雙腿用力踢水，眼睛猛眨，好讓視線清楚一些。

他們攀上一道浪峰，往岸邊前進了一大段距離。米基又是呻吟又是喘氣。艾迪的父親吐掉海水。兩人似乎永遠也到不了岸邊。大雨傾盆，白花花的泡沫打著這兩個男人的臉，他們罵著什麼，而胳臂不斷划著水。最後，一道捲起的大浪把他們提了起來，扔上沙灘。艾迪的父親從米基身下滾出來，但還能用手鉤住米基的胳臂，把他從水裡拖起，免得又被捲進浪裡。海浪往後退。他趁著最後一道大浪滾來，順勢把米基拖上岸，然後他便倒在岸邊，嘴巴大張，滿嘴都是濕濕的沙。

艾迪的視線回到自己身上。他覺得好疲倦，筋疲力竭，彷彿剛才在海裡的人是他自己。原本他以爲自己所認識的關於父親的種種，此刻他似乎弄不明白了。

「他那是在幹什麼？」艾迪低語。

「救朋友的性命呀。」露比說。

艾迪直直看著她：「什麼朋友。假如我知道他幹了什麼好事，我會讓他醉醺醺淹死算了。」

「你父親本來也是這麼想。」老婦人說：「他跑出去追米基，是想傷害他，說不定甚至想幹掉他。可是最後他下不了手。他知道米基是什麼樣的人，有什麼樣的缺點。他知道米基喝了酒。他知道他的判斷力失常了。

「可是，許多年前，你父親在找工作的時候，是米基去見了碼頭的老闆，替你父親作保。你出生後，是米基把身上僅有的錢借給你的雙親，幫忙他們撫養多出來的一張嘴。你父親很看重多年的交情——」

「等一等，女士。」艾迪怒氣沖沖打斷她：「難道妳沒瞧見，那個壞胚子對我母親幹了什麼好事兒嗎？」

「我看到了。」老婦人的口氣很悲傷：「那是不對的行爲。可是，事情並不全是表面看起來的樣子。

「那天下午，米基被老闆開除了。他喝得酩酊大醉，睡死了，睡過了該値班的時間還起不來。他的雇主告訴他，一切到此爲止。米基應付這個消息的方式，就和他應付所有噩耗的方式一樣，就是去喝更多的酒；等到他去找你母親的時候，已經被威士忌泡得神志不清。他這是在向人求救，他想討回他的工作。那晚你父親工作到深夜，你母親本來是打算帶米基去找他的。

「米基是一時起了色念，但他不是壞人。那一刻，他鬼迷心竅，會做出那種事來，是因爲他的孤單與絕望。他那行爲是一時衝動造成的。非常不適當的衝動。至於你父親的舉動也是出於衝動，然而，他的第一個念頭是要殺人，最後卻心念一轉，變成想要救人。」

她的雙手交叉，置於陽傘的頂端。

「就這樣，他生病了。他在海邊躺了好久，全身濕透無力，幾個鐘頭之後才有力氣撐著回家去。你父親不是年輕小伙子了。他那時五十好幾了吧。」

「五十六了。」艾迪說。

「五十六。」老婦人說：「他的身子已經不再硬朗了，這趟下海又讓他變得更虛弱一些，然後他落入了肺炎手裡，不久，他就死了。」

「因爲米基而死的？」艾迪說。

「是因爲忠誠而死。」她說。

「人哪會因爲忠誠而死。」

「不會嗎？」她微笑：「宗教呢？政府呢？我們不都是忠於這些事物，有時候甚至是至死不渝嗎？」

艾迪聳了聳肩。

「境界更高的忠誠，」她說：「是人與人對彼此忠誠。」

說完這些，兩個人在覆雪的山谷裡又待了好長一段時間。至少艾迪覺得很久。不過他再不也確定時間的長短了。

「米基・席亞後來怎麼樣了？」艾迪說。

「幾年以後，他也死了，孤伶伶死了。」老婦人說：「他是一路喝進了墳墓裡。對於當年發生的事情，他一直沒有原諒自己。」

「可是，我父親，」艾迪揉著額頭說：「他什麼也沒說。」

「他從此沒有提起那天晚上的事。沒有對你母親提起，也沒有對任何人提起。他爲妻子，爲米基，也爲自己覺得丟臉。在醫院裡，他完全沒有開口講話。沈默是他逃避的方法，可是沈默很難成爲避難所。他自己的心思成爲了揮不去的陰影。

「有一天晚上，他的呼吸遲緩，雙眼閉上，無法保持淸醒。醫生說他陷入昏迷了。」

艾迪還記得那一夜。又一通電話打到納森遜先生家裡。艾迪的住處再度響起敲門聲。

「在那之後，你母親就守在他床前。沒日沒夜守著。她會嗚咽著對自己說：『早知道會這樣，我眞該做點什麼。早知道會這樣，我眞該做點什麼……』

「終於，有一天晚上，在醫師半勸半逼的情況下，她回家去睡覺。隔天一大早，護士發現你父親的半個身子掛在窗戶外頭。」

「等一等，」艾迪的眼睛瞇了起來：「窗子？」

露比點頭：「那個晚上的某個時候，你父親醒了。他從床上起來，跌跌撞撞走過病房，想辦法把窗戶拉了開。他用微弱的聲音喊你母親的名字，他也喊著你的名字，還有你哥哥喬。然後他喊著米基的名字。那一刻，他似乎發洩了他全部的情感，全部的愧咎與遺憾。也許他感覺到了死亡走近；也許他只曉得你們都在外面某個地方，在那扇窗戶底下的幾條街外。他彎身越過窗臺。那天夜裡很冷。以他的健康狀況而言，冷風跟濕氣不是他抵擋得了的。天還沒亮，他就死了。

「那幾個護士發現了，齊力把他拖回病床上。她們怕丟了工作，於是一個字也沒提，於是說他是在睡夢中去世的。」

艾迪往後一塌，目瞪口呆。他想起這最後的畫面。他的父親，那匹頑強的老戰馬，竟然想爬到窗外。他要去哪裡？他在想什麼？到底哪一個比較悲慘：不知原因的生，還是不知原因的死？

「妳怎麼會知道這一切？」艾迪問露比。

她嘆了一口氣：「妳父親住不起單人病房。還有一個男人也住不起，就是那個隔了簾子住他隔壁病床的男人。」

她頓了一會兒。

「那是艾彌爾。我的丈夫。」

艾迪眼睛一亮。他身體撐直，彷彿剛剛解開了一道謎題。

「所以妳見過我父親。」

「是的。」

「也見過我母親。」

「在那些孤單的夜裡，我曾聽見她獨自哀嘆。我從來沒有與她說過話。可是我在你父親死後打聽了你們家的事。當我知道了他的工作地點，我心上一陣刺痛，像是失去了一個親人那樣痛。那個用我的名字命名的碼頭，我感覺到了它那帶來禍害的陰影，再一次希望它從來不曾存在。

「這個願望隨著我一起來到天堂，就連我在等著你的時候也還是這樣想。」

艾迪一臉困惑。

「至於那家小餐館，」她指向山裡的那個微弱光點：「之所以會有那間餐館，是因為我想回到我年輕時候所過的簡樸而安定的生活。我要讓所有曾經在『露比碼頭』吃過苦的人——每一個在那裡遇到意外、火災、打鬥、滑倒、跌跤的人，都能得到平安。一如我希望丈夫艾彌爾能得到溫暖與飽足，我也希望這些人都能穿得暖、吃得飽，待在一個願意款待他們的地方，遠離大海。」

露比站著，艾迪也站著。他滿腦子想著父親的死。

「我恨他。」他抿著嘴說。

老婦人點點頭。

「我小的時候，他對我很壞。等我長大了，他更變本加厲。」

露比朝著他走去，柔聲叫了他一聲「艾德華」。這是她第一次喊他的名字：「聽我的勸告。心中留著憤怒，對人是有害處的。憤怒會腐蝕你的內心。我們以為怨恨是一項武器，可以用來攻擊那些傷害過我們的人。可是，仇恨是一把彎曲的刀；我們造成了傷害，其實是傷害了自己。

「寬恕，艾德華。要寬恕。你還記不記得，剛來到天堂的時候那種全身輕盈的感覺？」

艾迪記得。我的疼痛哪兒去了？

「那是因爲，沒有人一出生就帶著憤怒。而我們死的時候，靈魂也擺脫了憤怒。可是現在，就在這裡，你必須先明白你爲什麼會有那些憤怒，而你又爲什麼不再需要有那些感受，這樣才能繼續前進。」

她碰了碰他的手。

「你要寬恕你的父親。」

艾迪想起父親下葬之後的幾年。想到自己那幾年裡一事無成，哪兒也沒去。那段日子裡，艾迪曾經在心中想像過某一種生活——一種「本來可以怎樣」的人生，但都是因爲父親撒手人寰和母親崩潰的緣故，那份本應屬於他的人生並沒有出現。這些年來，他把那份幻想中的生活加以美化，而且把所有的損失都算在他父親頭上：他失去了自由，失去了事業，失去了希望。他一直沒有振作起來，走出父親所留下的這份髒兮兮而乏味的工作。

「他死的時候，」艾迪說：「他也帶走了一部分的我。從此之後，我就被困住了。」

露比搖搖頭：「你父親不是造成你走不出那座碼頭的原因。」

艾迪抬眼看她：「那麼原因出在哪裡？」

她拍了拍裙子，調整了眼鏡，一步一步走遠了：「你還會遇見兩個人。」

艾迪說了聲「等一等」，可是，一陣冷風差一點劃破了從他喉嚨裡冒出來的聲音。接著，天地陷入一片黑暗。

露比不見了。艾迪又回到山頂上，站在小餐館外的雪地裡。

他在原地站了好久。一個人靜靜站著。最後他終於明白，老婦人不會再回來了。

於是他轉身走到餐館門前，慢慢拉開了門。他聽見銀製餐具的叮噹響和餐盤疊起來的聲音。他聞到剛出爐的餐食香味——肉香、麵包香、醬料香。在露比碼頭死去的人，他們的靈魂都聚在這裡，互相招呼，吃喝談天。

艾迪的腳步遲疑，心裡明白自己進去是爲了什麼。他往右轉，走向角落裡的那個雅座，走向他父親的鬼魂；那鬼魂正抽著雪茄呢。他打了個寒顫，想起父親半身掛在醫院病房的窗外，孤伶伶在夜半時分死去。

「爸？」艾迪輕聲說。

父親聽不見。艾迪又靠近了一些：「爸。我現在明白事情的經過了。」

他覺得胸口一陣哽咽。他低下身，跪在雅座旁邊。父親近在眼前，艾迪看到了父親兩鬢的鬍子，看到雪茄燒過的那一端。他看見父親疲憊雙眼底下的眼袋、彎曲的鼻子、骨骼突出的關節，以及一副工人才有的方正肩膀。他看了看自己的胳臂，這才明白，以他這副尚在人世時的身形而言，此刻他的年紀比父親還老。

「爸，以前我很氣你。我很恨你。」

艾迪覺得淚水正在積聚，覺得胸中一陣激動。有東西湧出來了。

「你打我。你不理我。我不懂爲什麼。到現在我還是不懂。你爲什麼這樣對我？爲什麼？」他吸了幾口長長的氣，痛苦無比：「當初是因爲我不明白，我不懂你的人生，不知道發生了什麼事。我不了解你。可是，你是我父親啊。現在我願意讓這一切都過去，好嗎？好不好？我們能不能讓這一切都過去？」

他的聲音起起伏伏，逐漸升高，像是在嚎叫，完全不像他原來的聲音了。「好不好？你聽見了沒有？」他放聲大叫。然後稍微放柔了一些：「你聽見了沒？爸？」

他靠近父親身邊。他看見父親髒污的手。他低聲說出最後一句熟悉的話語。

「修好了。」

艾迪猛拍了桌子一下，然後重重倒在地板上。他抬起眼睛，看見露比站在另一邊，模樣年輕又美麗。她低下頭，打開門，向綠玉色的天空飛去。

星期四，早上十一點

誰來支付艾迪的喪葬費用呢？他沒有親戚，生前也沒有任何交代。他的遺體還停在市立殯儀館，而他的衣物與私人物品，他的維修制服，他的襪子鞋子，他的亞麻便帽，他的結婚戒指，他的香菸與煙斗通條，全都等著有人來領取。

最後，遊樂園的老闆布拉克先生出面，用原本要付給艾迪而如今已無法兌現的薪水支票付了喪葬開銷。棺材是木製的。教堂則就近擇定了最靠近碼頭的一處教堂——因爲大多數出席葬禮的人在儀式之後還得回碼頭工作。

儀式還有幾分鐘就要開始。牧師把穿著海軍藍運動外套和體面黑色牛仔褲的多敏蓋茲請進了他的辦公室。

「你能不能說一說，這位亡故者有什麼特別之處？」牧師問道：「我知道你是他的同事。」

多敏蓋茲嚥了嚥口水。與神職人員共處令他覺得不自在。他把兩手的指頭互相扣住，愼重而嚴肅，彷彿要思考一番，然後用他認爲在這種情況下發言時的最柔和口吻說了話。

「艾迪，」他終於說：「眞的很愛他的妻子。」

他鬆開十指，迅速補上一句：「當然啦，我是從來沒見過她啦。」

在天堂遇見的第四個人

艾迪眨眨眼睛，發現自己置身於一個小小的圓形房間裡。先前的山脈不見了，綠玉色的天空也消失了。這房裡的塑膠天花板很低，差一點就碰到他的頭頂。房間是棕色的，就像郵寄包裹的包裝紙那樣常見的棕色；房間裡空盪盪，只有一張木頭凳子和一面掛在牆上的橢圓形鏡子。

艾迪移步到鏡子前。他在鏡中沒有看到自己的影像，只看到房中景象的映影，而且突然延伸成一整排的門，好多扇門。

艾迪轉過身去。

然後，他咳了起來。

咳嗽的聲音把他嚇了一跳，那好像是別人的聲音。他又咳了一聲，咳得很辛苦，很沈重，好似要把胸腔裡的東西重新安排位置。

這一切是從什麼時候開始的？艾迪心想。他摸一摸自己的皮膚，感覺上比他跟露比共處的時候又老了一些，現在摸起來更薄，也更乾燥了。他的腰腹，在遇見小隊長的時候還很結實，像是繃緊的橡皮，現在皮肉卻已鬆垮下垂。

你還會遇見兩個人，露比這麼說。接下來會怎麼樣呢？他的下背部隱隱作痛。他那條壞了的腿愈來愈僵硬。他明白怎麼回事了。他每一次踏入天堂裡的新的階段，就會有異狀出現。他正在逐漸腐朽。

他來到那一排門的其中一扇門前面，把門推開——這一推開，他就來到了室外，置身於一戶人家的後院。這戶人家他從來沒見過；這個地方他認不出是哪裡；這個場合好像是一場婚禮的餐會。草坪上處處見到手捧著銀餐盤的賓客。草坪的一端，架起了一道拱頂的走道，拱頂上覆蓋著紅色花朵與白樺樹枝；靠近艾迪的草坪這一端，就是剛才艾迪打開並穿越的那扇門。新娘子年輕漂亮，身旁有一群人簇擁著，正從她奶油色的頭髮上拿下一根小髮夾。新郎的身材瘦長，穿著黑色的結婚禮服外套，手持一把劍，戒指就在劍柄上。他把劍朝向新娘放低，新娘拿起了戒指，賓客一陣歡呼。艾迪聽見他們的聲音，但說的是外國語言。是德語？還是瑞典語？

他再度咳嗽。眾人紛紛抬起頭來。人人臉上好像都帶著微笑，那種笑法把艾迪嚇壞了。他趕緊走回原來那道門，以為可以回到原先的圓形房間——沒想到，他卻置身於另一場婚宴上。這次是在室內，一間寬敞的宴會廳，賓客看起來像是西班牙人，新娘的頭髮上別著橙花。她一一與在場賓客共舞，每個賓客則各遞給她一小袋錢幣。

艾迪又咳了一次——他實在忍不住。幾名賓客抬頭張望，艾迪退回門裡去。結果他又踏進另一個婚禮場面，艾迪猜測是某種非洲儀式，雙方親友把酒倒在地上，新人則手牽手躍過一把掃帚。接著他再穿越那道門，這次通往一場中國式喜宴，鞭炮在歡聲慶賀的賓客面前引燃。然後那扇門又把他帶到別的儀式——這是不是法式的呢？新郎與新娘共用一個左右都有握柄的杯子共飲美酒。

艾迪思忖：這場面還要持續多久？在前面的每一場宴會中，都看不到跡象說明賓客是如何抵達的，沒見到車子或巴士，沒見到馬車和馬匹。賓客如何離開，看起來並不在考慮之列。賓客四處打轉，把艾迪也拉了進去；他們對艾迪微笑但沒有對他說話，場面像極了他還在人世時所參加的那幾次婚宴。他倒也寧可如此。艾迪心裡認爲，婚禮實在充滿了令人尷尬的時刻，譬如新人應賓客之邀，與衆人一起跳舞，或者是幫忙把新娘從椅子上高舉起來。在這些時候，他那條壞腿好像會成爲目光焦點，而且他覺得整個會場的人都看得到這條腿。

因爲這個原因，艾迪避開了絕大部分的婚宴；眞的去參加婚宴，他也常常只站在停車場，抽著香菸，等待時間過去。總之，後來有好長一段時間都沒有婚禮需要他出席。一直到他晚年，幾個年輕的碼頭工人要成家了，他才從衣櫃裡找出老舊的西裝，穿上了掐緊他粗脖子的襯衫。到這時候，他那斷裂過的腿骨不但經常作痛，也已變形。他的膝蓋罹患了關節炎。他由於瘸得很嚴重，便以此爲藉口迴避所有群聚的場面，譬如跳舞或點蠟燭。別人說他是「老人家」，孤家寡人，獨來獨往，除了攝影師走到桌旁時他會露出微笑之外，誰也不指望他能有多麼活躍。

此時此地，艾迪穿著他的維修工作服，進入一場又一場婚禮，一場又一場宴會，從這一種語言、這一個蛋糕、這一種音樂類型，移到另一種語言、另一個蛋糕、另一種音樂類型。其中的相同之處，倒不令艾迪感到意外。他本來就認爲，天下的婚禮都沒有什麼不同；他只是不懂，這一切與他有什麼關係。

他又一次跨過門檻，發現自己好像置身一處義大利村莊。山腰上有葡萄園，有石灰岩砌成的農舍。這裡很多男人有濃密的黑髮，頭髮往後梳，濕濕亮亮；女人則生著褐黑的眼珠，五官輪廓很深。艾迪在牆邊找了個位置，注視著新娘與新郎合用一支兩側有握把的鋸子，把一根圓木鋸成兩半。現場有長笛手、小提琴手和吉他手演奏音樂，賓客跳起塔朗泰拉舞，節奏奔放而飛快。艾迪往後退幾步，視線轉向人群的邊緣。

有一個伴娘身穿淡紫色的長禮服，頭戴麥桿編成的帽子，手挽一籃蜜糖杏仁，穿梭在賓客間。遠遠看去，她約莫二十多歲。

「Per l’ amaro e il dolce? 」她邊說邊向賓客分送蜜糖杏仁：「Per l’ amaro e il dolce? Per l’ amaro e il dolce?……」

聽到了她的聲音，艾迪全身顫抖。他開始冒汗。某種感覺叫他快跑，而另一種感覺則把他的雙腳凍結在地上。女子向他這方向走過來。她的眼睛，在帽緣的羊皮紙花朵的掩映下，瞧見了他。

「Per l’ amaro e il dolce?」她臉上帶著笑，向眾人分發杏仁果。那句義大利語的意思是：「要甘苦共嘗嗎？」

她的深色秀髮落下來遮住一隻眼睛，艾迪的心幾乎要炸開了。他花了好一會兒才能張開嘴唇，他喉嚨裡的聲音也過了好一會兒才冒出來；他的嘴唇與喉嚨共同說出了那唯一一個永遠可以讓他產生這種感覺的名字。他跌跪了下來。

「瑪格麗特……」他低聲說。

「要甘苦共嘗。」她說。

今天是艾迪的生日

艾迪與哥哥坐在維修房裡。

「這個啊，」喬舉起一把鑽孔機，語氣很得意：「這是最新樣式喔。」

喬身上穿著格子紋運動外套，腳下是一雙黑白相間的牛津鞋。艾迪覺得哥哥這身打扮太花俏了——花俏就等於華而不實——可是，喬現在是五金器材公司的推銷員，而艾迪身上這一身行頭已經穿了好幾年，他懂什麼呢？

「看過來，先生。」喬說：「還有這個。這鑽子是靠這種電池轉動的。」

艾迪用指尖捏著那枚電池，一種叫做鎘鎳電池的小玩意兒。難以置信。

「打開開關試試。」喬把鑽孔機遞過來。

艾迪壓下開關。鑽孔機突然迸出噪音。

「不錯吧，啊？」喬大聲叫道。

那天早上，喬把他的最新薪水數字告訴艾迪。那是艾迪薪水的三倍。然後，喬恭喜艾迪在工作上獲得升遷：「露比碼頭」的維修組組長，這是他父親當年的職位。艾迪本來想回答：「眞有那麼好的話，那要不要你來幹我這組長，我去當你那個推銷員？」可是他沒說出口。艾迪從來不把内心深處的感受說出口。

「哈囉？有人在嗎？」

瑪格麗特站在門口，手裡握著一捲橙色的入場券。艾迪的視線一如往常先看她的臉，她橄欖色的肌膚和深咖啡色的眼眸。這年夏天她接下了售票員的工作，現在她穿著正式的「露比碼頭」制服：白襯衫，紅背心，黑色踩腳褲，紅色扁帽，鎖骨下方掛著一枚寫有她名字的胸針。這景象把艾迪惹得很不高興——當著他那飛黃騰達的哥哥面前出現他更不高興。

「讓她瞧瞧這個鑽孔機。」喬轉向瑪格麗特：「這裡是裝電池的。」

艾迪壓下開關。瑪格麗特摀住耳朵。

「這比你打呼還大聲。」她說。

「哇哈！」喬大叫，大笑出聲：「哇哈！她逮著你了！」

艾迪怯懦地把視線轉向地面，後來他看見妻子微笑著。

「你能不能出來外頭一下？」她說。

艾迪揮揮手裡的鑽孔機。「我這裡忙著呢。」

「只要一分鐘，好不好？」

艾迪慢慢站起來，跟在她身後走出門去。太陽照在他臉上。

「生—日—快—樂，艾迪先生！」一群孩子齊聲大叫。

「哎，我會很快樂的。」艾迪說。

瑪格麗特喊著：「好了，小朋友，把蠟燭插在蛋糕上！」

孩子們爭先恐後跑向旁邊一張折疊桌，桌上有個長方形香草蛋糕。瑪格麗特往前傾身靠近艾迪，說：「我向他們打包票，說你會把三十八根蠟燭全部吹熄。」

艾迪用鼻子哼了一聲。他看著老婆幫這群小孩子整隊。每回見到瑪格麗特與小孩子相處，他一方面因爲她輕鬆就能與小孩子打成一片而覺得開心，另一方面也爲了她沒辦法懷孩子而感到難過。有個醫生說，她太緊張了。另一個醫生說，她拖太久了，二十五歲的時候就該懷孕。日子過去，沒錢看醫生了。到此爲止。

過去這一年來，她一直對他提起領養的事。她跑圖書館。她把研究論文帶回家。艾迪說，他倆年紀太大了。她說：「養小孩哪管什麼年紀太大？」

艾迪說，他會考慮考慮。

「好啦。」此刻她從長方形蛋糕那邊往這兒喊：「快來吧，艾迪先生！快來吹蠟燭囉！噢，等一下，等一下……」她往一個袋子裡翻，撈出一個照相機，這是個結構複雜的新玩意兒，又是拉桿又是紐環，還有一顆閃光燈泡。

「莎琳借我的。這是拍立得照相機。」

瑪格麗特安排衆人拍照，艾迪在蛋糕上方彎身，孩子們擠上前來，圍住他，看著三十八盞小小的火光。有個孩子戳了戳艾迪，說：「把蠟燭吹熄吧，好不好？」

艾迪往下看。蛋糕上的糖霜已經糊成一團，佈滿了數不清的小手印。

「好。」艾迪說話時，眼睛卻看著他的妻子。

艾迪瞪著年輕的瑪格麗特。

「這不是妳。」他說。

她放下手中盛放杏仁的籃子，臉上的笑容裡帶著哀傷。塔朗泰拉舞蹈還在他們身後跳著，陽光逐漸消失在一片長形的白雲後面。

「這不是妳。」他又說了一遍。

舞者大喊：「萬歲！」他們猛力拍打鈴鼓。

她伸出手。艾迪不假思索就接住，彷彿要接住一個掉落的東西。他們的手指相接觸，他從來沒有過這種感覺，彷彿自己的筋肉上又長出一層筋肉，柔軟溫暖，簡直有發癢的感覺呢。她在他身旁彎身蹲下。

「這不是妳。」他說。

「就是我。」她輕聲說。

萬歲！

「這不是妳，不是妳，不是妳。」艾迪囁嚅著，把頭靠向她的肩膀，哭了起來。這是他死後第一次哭泣。

他倆的婚禮在耶誕夜舉辦，地點在一家燈光昏暗的中菜餐廳「洪家小館」的二樓。餐廳老闆洪山米心想反正也不會有多少生意可以做，於是同意當晚把餐廳二樓租給了他們。艾迪把他退伍以來所存下的現金全都花在餐宴上了——烤雞、中式時蔬、波特酒，還請了一個手風琴師。婚禮儀式上所用的椅子，也正是晚上的餐會要用到的椅子，於是在新人許過了誓約之後，服務生就請賓客起身，把所有的椅子搬到樓下的餐桌邊擺好。手風琴師則坐在一張板凳上。多年以後，瑪格麗特還會笑說當年結婚時只少了一樣東西，就是「賓果遊戲卡」。

菜餚吃完了，小禮物也送給新人了，眾人最後一次舉杯慶祝。然後手風琴師把琴收進了箱裡。艾迪與瑪格麗特從餐廳前門離開。天空飄著細雨，冷冰冰的雨，可是新郎與新娘一同走路回家，想著只要走幾條街就到家了。瑪格麗特穿著厚厚的粉紅色毛衣，毛衣底下是她的結婚禮服。艾迪穿著他的白西裝外套，襯衫領子擠得他脖子好痛。他倆手牽著手，走過街燈的光暈。周圍的每一樣事物，似乎都圓滿無比。

人說自己「找到」愛情，彷彿愛情是藏在岩石後面的一個物件。然而，愛情有各種形式，每一個男人女人所認為的愛情並不相同。因此，人們找到的是「某一種」愛。而艾迪是在瑪格麗特身上找到了某一種愛，一份感激之愛，一份深厚而安靜的愛，一份他認為是無可取代的愛。所以她死後，艾迪就放任生活變成一灘死水。他讓自己的心沈睡。

此刻，她又出現在眼前，像他們結婚時那樣年輕。

「陪我走一走。」她說。

艾迪想站起身，可是他不中用的膝蓋撐不起身體。她毫不費力就扶住了他。

「瞧你這隻腿。」她用一種溫柔的親暱口氣說起他褪色的傷疤。接著她抬起眼，並撫摸他耳朵上方的髮叢。

「你頭髮白了。」她微笑著說。

艾迪的舌頭打結，只能眼睜睜一直看。她的模樣與記憶中完全一樣——事實上是比記憶中更美麗，眞的，因爲他最後所記得的瑪格麗特，模樣比較老，比較滄桑。他站在她身邊，不發一語；一直到她深色的眼睛瞇了起來，嘴唇淘氣地慢慢上揚。

「艾迪。」她差點兒就咯咯笑了出來：「你這麼快就忘了我年輕時候是什麼模樣兒啦？」

艾迪嚥了一口口水：「我從來沒有忘記。」

她輕輕撫摸艾迪的臉，暖意流遍了艾迪全身上下。她作勢指了指村子和跳著舞的賓客。

「全都是婚禮呢。」她很開心：「這是我的選擇，我要有一個屬於婚禮的世界，每一扇門後面都是婚禮。噢，艾迪，都一樣的——當新郎掀起了新娘的頭紗，當新娘接下了戒指，你都會在他們眼中看到同樣的希望，全天下都是一樣的。新人眞心相信自己的愛情與婚姻可以打破所有的紀錄。」

她微笑：「你覺得當初我們是不是也有那種希望？」

艾迪不知如何回答。

「我們有手風琴師呀。」他說。

他們從婚宴會場走上碎石小徑。樂聲漸小，變成背景裡的喧鬧聲。艾迪想把自己全部的見聞鉅細靡遺都告訴她。他也想問她每一件小事與大事。他覺得內心一陣翻攪，七上八下，不知道該從何說起。

「妳也經歷過這一切嗎？」他終於開口說道：「妳也遇見了五個人嗎？」

她點點頭。

「不一樣的五個人。」他說。

她又點點頭。

「他們也對你解釋了所有的事情嗎？你會覺得對你有影響嗎？」

她微笑：「有非常大的影響。」她摸摸他的下巴：「因爲這樣我才決定等你。」

他端詳她的眼神。她的笑容。他想知道，她的等待是否也與他的感受相同。

「妳對我……了解多少？我是說，妳到底知道多少呢，自從我……」

難以啓齒。

「自從你死了以後。」

她脫掉頭上的草帽，把濃密而年輕的髮絲從額頭上撥開：「這個嘛，我們在一起生活時發生的每一件事情，我都知道……」

她收攏雙唇。

「現在，我也知道了那些事情爲什麼會發生……」

她把雙手放在胸口。

「我還知道……你愛我愛得很深。」

她牽起他的手。他整顆心暖融融。

「我不知道你是怎麼死的。」她說。

「我也不太確定。」他說：「有個女孩，是個小女孩，她跑進了遊樂設施裡頭，陷入危險之中……」

瑪格麗特眼睛瞪得好大。她看起來好年輕。要對妻子說起自己死去的那一天，這件事的難度超過艾迪的預期。

「他們弄來這些新的遊樂設施，這些新的設施，完全不像我們當年那些東西——現在每個人移動的時速都是一千英哩呢。總之，我要說的這個遊樂設施呢，會讓車廂快速下墜，本來液壓裝置會讓下墜動作停下來，然後緩緩放下車廂，可是有東西把鋼索弄斷了，車廂就突然鬆脫。我到現在還沒弄懂怎麼會這樣，可是車廂掉了下來，因爲我叫他們把車廂降下來——我是說，我告訴阿多這麼做，他就是後來跟我一起工作的小伙子——錯不在他——是我叫他這麼做，然後又想辦法阻止他們這麼做。可是他聽不見我的聲音，那個小女孩就坐在那兒，我想盡辦法要抓住她。我要救她。我感覺到了她那雙小手，可是後來我……」

他不說話了。她偏著頭，催他說下去。他深呼吸一口氣。

「自從我來到這兒以後，還沒講過這麼多話。」他說。

她點點頭，微笑著，一朵柔和的微笑。他看著她的笑容，雙眼開始濕潤，悲傷像一道浪一樣打上來——突然間，這件事不重要了，他的死，那座遊樂園，那群聽他大聲喝斥「退後！」的遊客，就這樣都不再重要了。他爲什麼要講這些事情呢？他到底在幹什麼？他是眞的與瑪格麗特在一起嗎？一股隱藏著的悲傷冒出來攫住心臟，埋伏多年的感情也來突襲他的靈魂。他的嘴唇顫抖，他被捲進了一道水流，水流裡全是他已經失去的東西。他看著妻子，他死去的妻子，他年輕的妻子，他不在身邊的妻子，他唯一的妻子，然後他不想再看下去了。

「噢，天哪，瑪格麗特。」他低語：「我好難過。好難過。我說不出口。我說不出口。我說不出口。」

他把頭垂下，雙手抱頭，總之他還是說了，他說了人人都會說的一句話。

「我好想念妳啊。」

今天是艾迪的生日

賽馬場裡擠滿了夏日的人潮。女士們戴著草帽，男士們吸著雪茄吞雲吐霧。艾迪與諾爾早早下了班，用艾迪的生日數字「三九」賭了一局「每日雙賭」；只要他們在兩場比賽所賭的馬都勝出，就能贏錢。他們坐在折疊式的座椅上，腳邊散落著裝啤酒用的紙杯，滿地都是丟棄的賭馬票。

剛才，艾迪在今天的第一場比賽中就贏了錢。他拿了一半的彩金投入第二場比賽，結果又贏了。這是他生平頭一次碰上這種好事。兩場下來，他贏了兩百零九塊錢。接著他輸了兩場，賭注都比較小。到了第六場，他把所有的賭金押在一匹馬上——因爲，他與諾爾兩人經過興致勃勃的推論之後都同意，他來到賽馬場的時候幾乎是身無分文，那麼，假如回家的時候還是將近身無分文，那也沒有損失吧？

「你想想，如果你贏了，」諾爾說道：「小孩的錢就有著落了。」

比賽鈴響。馬兒出柵。牠們朝著遠方筆直往前跑，馬身上五顏六色的綢衣隨著牠們上上下下的律動而變得朦朧了。艾迪選八號，一匹叫做「澤西雀鳥」的馬，它不是太差的投注選擇，不在四賠一的名單內，可是諾爾剛剛提到了「孩子」——艾迪與瑪格麗特打算要收養的那個孩子——使得艾迪滿心愧疚。他們夫妻倆會用到那筆錢。他爲什麼要這樣賭？

觀衆站起來了。賽馬來到了終點線前的最後一段。「澤西雀鳥」往外跑，拉大步伐全速衝刺。歡呼喝采聲混雜著如雷一般的馬蹄聲。諾爾大喊。艾迪捏緊了手中的馬票。他實在不想這樣緊張。他身上起了雞皮疙瘩。一匹馬率先通過了終點。

「澤西雀鳥」！

這下子，艾迪贏得了將近八百塊錢的彩金了。

「我要打電話回家。」他說。

「那會破壞運氣。」諾爾説。

「你說什麼啊？」

「你要是告訴了別人，你的好運就毀了。」

「你瘋了你。」

「不要打電話。」

「我要打電話給她。她聽了會很高興。」

「她不會高興的啦。」

他一拐一拐走到公用電話前，投了一枚五分錢進去。瑪格麗特接起電話。艾迪告訴她贏錢的消息。諾爾沒說錯。她不高興。她叫艾迪趕快回家。艾迪叫她不要對他發號施令。

「我們家就快要有小孩了，」她斥責道：「你不能這樣下去。」

艾迪掛上話筒，耳根子後頭一陣熱。他走回諾爾身邊，諾爾正在欄杆旁邊嚼花生米。

「讓我猜一猜結果吧。」諾爾說。

他們到窗口去，選了另一匹馬。艾迪從口袋裡拿出錢來。他心裡有一半不想再賭，另一半想再贏一倍，這樣一來，回家的時候，他就可以把鈔票往床上一扔，對他老婆說：「拿去，想買什麼隨便妳，行了吧？」

諾爾看著他把鈔票推過窗口，揚起了眉毛。

「我知道，我知道。」艾迪說。

但他不知道，瑪格麗特由於沒辦法用電話找到他，於是決定開車到賽馬場找他。她剛才那麼大聲說話，覺得很不好受，今天可是他的生日啊，她想道歉；她也想叫他停手。從過去以來的賭馬之夜的經驗，她知道諾爾會堅持要待到最後——諾爾就是那副德行。反正賽馬場離家裡只有十分鐘路程，於是她抓了手提袋，開著他們那輛二手老車 Nash Rambler，上了海洋公園大道。她在萊斯特街右轉。太陽已經下山，天色開始變化。大多數的車子都從對向開過來。她快到萊斯特街上的行人天橋了，以前賽馬場的賭客會走這座天橋進場，爬上樓梯，過街，再走下樓梯；後來賽馬場的老闆付錢給市政府，立了一盞紅綠燈，就沒有人再去使用天橋了——絕大多數的時候沒有人去用它。

但不是這天晚上。這晚，天橋上躲著兩個不想被別人找到的少年。這兩人年方十七，幾個鐘頭以前被一間賣酒的商店追著跑，原因是他們偷了五條菸和三品脫「老哈潑牌」威士忌。眼下，酒喝完了，香菸也抽了一大堆，他們覺得無趣，拎著空酒瓶站在生鏽的欄杆旁，酒瓶往欄杆外頭晃啊盪啊的。

「我有膽嗎？」其中一人說道。

「你有膽。」另一人說道。

先說話的小伙子把手一鬆，讓酒瓶落下。兩人躲在金屬欄杆後面瞧。酒瓶差點與一輛車擦上，砸在了路面上。

「呼，」第二個小伙子大叫：「你看見了沒！」

「換你了，膽小鬼。」

第二個小伙子站起來，把手中的酒瓶伸出去，選擇右手邊車流量比較少的車道。手中的酒瓶前前後後移動著，他想算準時間讓酒瓶落在車輛之間，彷彿這是一門藝術，彷彿他自己是個藝術家。

他的手指鬆開了。他就要露出微笑。

天橋下方十幾公尺處，瑪格麗特怎麼會想到要往上看，怎麼會想過天橋上會出什麼事兒，她根本沒想別的，一心一意要趁艾迪身上還有錢的時候把他帶出賽馬場。她正在想，該從正面看台上的哪一區開始找，就在這時，那只威士忌酒瓶擊中她車上的擋風玻璃，玻璃碎片四散紛飛。她的車偏了向，撞上混凝土分隔島。她的身軀像洋娃娃似的被拋起，猛然撞上車門，然後又撞上儀表板與方向盤，致使她的肝臟破裂，手臂骨折，頭部受到強力重擊，因此她沒有聽到當晚的其他聲響。她沒有聽到車輛發出尖銳的煞車聲。她沒有聽到喇叭大響。她沒有聽到膠底球鞋逃開的腳步聲，衝下了萊斯特街行人天橋，遁入夜色之中。

愛，就像雨水，可以從表面開始滋潤，讓一對愛侶全身浸潤在喜悅裡。然而，有時候，人生的怒火由上往下烘烤，愛情的表面就乾涸了，這時一定得從底層補充養分，照顧根部，維持愛情的生命。

萊斯特街上的車禍，讓瑪格麗特住進了醫院。她在病床上躺了將近六個月。她受傷的肝臟終於痊癒了，可是醫療費用和因為住院而造成的拖延，使他們喪失了領養孩子的機會。那個他們打算領養的小孩，後來去了別人家。沒有說出口的責備，一直沒有歇息——它一直像一道影子一樣在這對夫妻之間移動。有好長一段時間，瑪格麗特不太說話。艾迪躲進了工作裡。這道影子在家裡的餐桌上佔有一席之地，夫妻倆就在這道影子面前，在餐具與餐盤的叮噹聲中進餐。他們假如開口，說的也是小事。兩人之間的愛情水分，躲藏在根部底下。艾迪從此不去賽馬場。他漸漸不與諾爾見面，兩人都覺得沒辦法在早餐桌上輕鬆瞎扯了。

加州有一座遊樂園引進了第一座管狀的不銹鋼軌道——這種軌道可以彎曲成很銳利的

角度，那是木製軌道遙不可及的角度——突然間，一度失去了光環、幾乎消聲匿跡的雲霄飛車，又重回流行舞台。「露比碼頭」遊樂園的老闆布拉克先生，訂製了一組不銹鋼軌道的雲霄飛車，由艾迪負責監督整個建造過程。他對安裝人員咆哮，查驗每一道動作。他不相信行駛速度這麼飛快的玩意兒。六十度的轉彎？他敢說會有人因此而受傷。不過，不管怎麼說，監工可以分散他的心思。

「星塵快艇」拆掉了。「鍊狀車」也拆掉了。還有那個「愛的隧道」，現在孩子們嫌它土氣了。幾年後，建起了一種叫做「木材艇」的船艇式遊樂設施，而且，艾迪很意外，這玩意兒竟然大受歡迎。乘客們坐在艇上，艇在浪與浪之間游動，最後乘客會噗通一聲掉進一大片水池裡。艾迪想不透爲什麼遊客喜歡把自己弄濕，大海明明就在三百公尺外呀。不過他還是如常加以維修保養，打著赤腳在水裡幹活兒，確保遊樂艇不會從軌道上鬆開脫落。

過了一段日子，夫妻倆又開始講話了。有一天晚上，艾迪甚至提起了領養孩子的事。瑪格麗特揉揉他的額頭，說：「我們年紀太大了。」

艾迪說：「養小孩哪管什麼年紀太大？」

好幾年過去。家裡一直沒有孩子出現，他們的傷口也慢慢癒合，兩人之間的伴侶之情逐漸塡補了他們爲家中另一個人口而預留的空間。早上，她爲他準備土司與咖啡，他開車送她去做清潔工作，自己再開回碼頭上工。有時候她下午提早下班，她會去陪他一起走在碼頭的木板步道上，跟在他後頭巡視，並乘坐旋轉木馬或是漆成黃色的蚌殼船，艾迪會向她解釋旋轉翼和鋼索如何運轉，同時傾聽機器引擎的嗡嗡聲。

某個七月的晚上，他們在海邊散步，吃著葡萄口味的圓冰棍，兩人的光腳丫陷入潮濕的沙子裡。他們環顧四周，這才發現，他們是整個海灘上年紀最大的兩個人。

瑪格麗特說起時下年輕女孩所穿的比基尼泳裝，說她永遠沒那個膽量穿上那玩意兒。艾迪說，那是年輕女孩運氣好，因爲，要是她果眞穿上比基尼泳裝，男人的眼光就只會落在她身上了。然而這時候的瑪格麗特已經四十五、六歲了，臀圍漸寬，眼週有一圈細紋，她仍然心懷感激對他道謝，並端詳他歪扭的鼻子與寬闊的下顎。愛的水分又從他們頭上落下，徹底滋潤他倆，像他們腳下的海水那樣清楚而具體。

三年後。她在自家廚房裡給雞排灑上麵包屑。從多年前艾迪的母親死去至今，夫妻倆一直住在這間公寓裡，因爲瑪格麗特說，這地方會讓她想起兩人年紀小的時候，而且她喜歡從窗戶往外看著那座老舊的旋轉木馬。

突然間，在毫無預警的情況下，她右手的手指不由自主往外伸開，完全不受控制；五隻手指往下縮蜷，不能靠攏。雞排從她掌中滑落，掉進洗滌槽裡。她的手臂抽痛。她的呼吸加快。她瞪著右手不能動彈的手指，那像是屬於別人的手指，某個正握著一個隱形水罐的人。

接著，眼前的一切快速旋轉了起來。

「艾迪？」她叫道。

他趕回來的時候，她已經倒在地上不省人事了。

結果，醫生說她腦袋裡長了一顆瘤。她衰頹的情況與其他患者很像：化療似乎讓病情好轉了一些，頭髮整撮整撮脫落，早上與吵雜的放射線儀器爲伍，晚上在病房的廁所裡嘔吐。

羅病末期，癌細胞獲判勝利。醫師們只說：「好好休息。放輕鬆。」她一開口提問題，醫護人員便用同情的神色點一點頭，彷彿把點頭當成是從點滴器裡滴出來的藥物。她領悟到那是一種禮節，醫護人員在束手無策的時候便用點頭來表達善意。聽到院方建議「把事情安排一下」的時候，她要求出院——她比較像是在下命令，而不是提出請求。

艾迪攙著她爬上樓梯，幫她把外套掛起來；她環顧公寓四下。她說她來下廚吧，可是他要她坐著，然後他燒了水準備泡茶。他前一天就買了小羊排，這晚他與幾個受邀前來的朋友與同事笨手笨腳煮了晚餐，這些人看到瑪格麗特面黃肌瘦的樣子，說了「哇，瞧瞧是誰回來啦！」之類的話來迎接，彷彿這餐飯是爲了接風，不是餞別。

他們吃了盛放在「康寧牌」餐盤上的馬鈴薯泥。甜點是奶油布朗尼蛋糕。瑪格麗特喝完第二杯酒；艾迪拿起酒瓶，爲她斟上第三杯。

過了兩天，她尖叫一聲醒過來。他開車送她去醫院。黎明前一片寂靜。他們對話的句子簡短，譬如，値班的醫生可能是哪一個，艾迪該打電話給誰。即使她就坐在他身旁的座位上，艾迪還是在每一樣事物上都感受到她的存在，打方向盤，踩油門，他眨眼，他淸喉嚨。他所做的每一個動作，都是爲了緊緊抓住她。

那年她四十七歲。

「卡拿了吧？」她問他。

「卡……」他茫然。

她深呼吸一口氣，閉上眼睛。她準備重新開口說話時，氣若游絲，彷彿這口氣令她元氣大傷。

「保險卡。」她啞著聲音。

「有，有，」他很快說：「我拿了。」

艾迪駛入停車場，把車子熄了火。突然間，車裡顯得太過安靜，太過沈寂。他聽見每一個細微的聲響。他的身體在皮椅上滑動，吱吱吱；車門把手，喀啦；車外的風咻一聲吹起。他的腳啪噠啪噠踩在路面。他的鑰匙，鏘啷鏘啷。

他打開她那一側的車門，扶她下車。她的肩膀往下顎方向緊縮，像個凍壞了的孩子。風把她的頭髮吹拂上她的臉。她吸了鼻子，抬頭看向地平線。她對艾迪使了個眼色，朝著遠方一座巨大的白色遊樂設施頂端點一點頭，紅色的車廂就像樹上的裝飾品一般懸盪著。

「從這兒看得到呢。」她說。

「看得到摩天輪嗎？」他說。

她把臉別開：「看得到家。」

由於艾迪在天堂裡不曾入睡，所以他以爲，他在這裡與他所遇見的每一個人共處的時間不過幾個鐘頭。然而話說回來，天堂裡沒有夜晚沒有白晝，沒有入睡沒有甦醒，沒有日落沒有漲潮沒有三餐沒有時刻表，他又怎麼知道是多久呢？

與瑪格麗特在一起，他別的都不要，只要時間——更多更多的時間。而他得到了。夜裡的時間，白天的時間，然後又是夜裡的時間。他們走過那幾扇門，進入各式各樣的婚禮場合，聊著每一件他想說的事情。在一場瑞典婚禮中，艾迪對她說起哥哥喬的事情，他哥哥比他早死十年，喬在佛羅里達州買下一間新的獨立產權公寓之後一個月，心臟病突發去世。在一場俄羅斯婚禮中，她問他是不是還住在那間老公寓沒搬走，他說沒搬走，她說她聽了很高興。在一場黎巴嫩的小村戶外婚禮上，他談起了上天堂之後的遭遇，她似乎一聽就知道他在說什麼。艾迪說到藍膚人與他的故事，說到爲什麼有人死了有人活著。他談起小隊長，以及小隊長犧牲生命的故事。當他提到了父親，瑪格麗特憶起艾迪對父親生氣的許多夜晚，被父親的沈默氣得不知所措。艾迪對她說，他已經把事情解決了，只見她的雙眉上揚，嘴角咧開笑了——艾迪心上生出一股熟悉的溫暖，他許多年沒有這種感覺了，逗他的妻子開心的感覺。

有一晚，艾迪提起「露比碼頭」的改變：舊的遊樂設施都拆掉消失了；遊戲場裡面的音樂現在是吵翻天的搖滾樂；現在的雲霄飛車都有旋轉彎道，車廂可以一百八十度倒吊懸掛在軌道上；還有那些「神秘」遊樂設備，以前畫的是色彩鮮豔的牛仔圖案，如今全都是錄影畫面了，像是一直看著電視似的。

他還對她說起現在的名稱。再也沒有「飛高衝低之旅」或者「翻騰黃金龜」之類的名字。現在都改成什麼「狂風暴雪」、「魔幻體驗」、「頂級飛車」、「漩渦狂轉」了。

「聽起來很怪，對不對？」艾迪說。

「聽起來，」她沈思地說：「像是別人在過的夏天。」

艾迪頓時發現，她這句話恰恰說中了他多年來的感受。

「當年我眞應該去別的地方工作。」他對她說：「對不起，我一直沒能讓我們夫妻倆離開那個地方。因爲我爸，因爲我的腿，我打仗回來以後一直覺得自己不中用。」

他看見一陣悲傷掠過她的臉龐。

「當年發生了什麼事？」她問：「你打仗的時候怎麼了？」

他從來沒有對她說明白。這是可以理解的。在他那個年代，軍人就是聽命行事，回到家鄉後就不多說戰場上的遭遇。他想起死在他手底下的人。他想起那幾個衛兵。想起手上的鮮血。他很懷疑自己有沒有獲得寬恕。

「我失去了自己。」他說。

「快別這麼說。」他妻子說。

「是，就是這麼回事。」他低語，而她沒有答腔。

有時候，在天堂裡，他兩夫妻會並肩躺下。可是他們沒有入睡。瑪格麗特說，在人世的時候，睡著時偶爾會夢見自己心目中的天堂，那些夢有助於你想像天堂的樣子。可是，現在已經沒有理由作那些夢了。

艾迪沒有作夢，他摟著她的肩膀，用鼻子磨蹭著她的頭髮，深深呼吸著。在某一刻，他問妻子，上帝知不知道他在這裡。她笑著回答說「當然知道啦」，就算艾迪承認，他的人生裡有一段時間躲著上帝，而其他時候他認爲上帝並沒有注意到他。

第四個功課

說了好多好多話。最後，瑪格麗特陪艾迪又穿過一道門。他們回到了原先那個小小的圓形房間裡。她坐在那把凳子上，手指交疊。她轉向鏡子，艾迪看見了她在鏡中的影像——是她的影像，不是他的。

「新娘要在這裡等著。」她用手指梳理頭髮，端詳著自己在鏡中的影像，但看來好像正準備離開：「時候到了，現在你要思考自己在做什麼。你打算選擇誰。你準備去愛誰。如果一切如意，艾迪，這一刻會是多麼美好的時光。」

她轉身面對他。

「你過了好多年沒有愛的日子，對吧？」

艾迪沒說話。

「你覺得愛情被奪走了，你覺得我太早離開你。」

他慢慢低下身子。她薰衣草色的禮服在他面前飄展開來。

「妳眞的太早走了。」他說。

「你在生我的氣。」

「我沒有。」

她的眼睛裡閃現了光芒。

艾迪說：「好吧我說實話。我有生你的氣。」

「這一切都是有原因的。」她說。

「什麼原因？」他說：「怎麼可能會有原因可言呢？妳死的時候，才四十七歲。妳是我們兩個所認識的人裡面最棒最好的一個人，結果妳死了，妳失去了一切。而我也失去了一切。我失去了我這一輩子唯一愛過的女人。」

她執起他的手：「不，你沒有失去我。我就在這兒。而且不管怎麼說，你都愛過我。

「艾迪啊，失去的愛仍然是愛，只不過形式不一樣了。你看不見他們的笑容，不能為他們端上三餐，不能撥弄他們的頭髮，不能擁著他們在舞池裡轉。可是，隨著這些感受的褪去，會有另一種感覺逐漸轉濃。那是記憶。記憶變成你的伴侶。你灌溉它，你擁有它。你與記憶共舞。

「人生總會結束。」她說：「愛，沒有終點。」

艾迪想起妻子長眠地下之後的那些年歲。那種感覺好像看著欄杆的另一邊。他意識到那一邊有另一種形式的生命，而他明白自己不可能融入其中。

「我從來沒想過要跟別人在一起。」他平靜地說。

「我明白。」她說。

「我依然愛著妳。」

「我明白。」她點點頭：「我感覺得到。」

「在這裡？」他問。

「即使在這裡也感覺得到。」她微笑著說道：「失去的愛，就是這麼強烈。」

她站起來，打開一扇門，艾迪跟著她走進那扇門時，眨了眨眼睛。

那是個光線昏暗的房間，擺了折疊椅，還有一個手風琴師坐在角落裡。

「我一直留著這一幕。」她說。

她伸出手臂。而他則做出了自從進天堂以來的第一次主動接觸：他走向瑪格麗特，不理會自己的腿，不理會他自己對於舞蹈、音樂與婚禮的所有憎厭念頭，此刻他明白，他那些憎厭情緒其實都是因爲寂寞。

「萬事具備，只缺一樣。」瑪格麗特輕聲說道，手搭上了他的肩膀：「就是賓果遊戲卡。」

他笑得咧開了嘴，並把一隻手攬住她的腰。

「我能不能問妳一件事？」他說。

「問啊。」

「爲什麼妳看起來就像我娶妳那天的模樣？」

「我以爲你應該會喜歡看到這個樣子的我。」

他想了一會兒，說：「妳能改變一下嗎？」

「改變？」她一臉被逗得很樂的表情：「變成什麼樣子？」

「你最後的模樣。」

她的手臂垂了下來：「我最後的模樣並不怎麼漂亮。」

艾迪搖了搖頭，彷彿在說，她說的不是眞的。

「好不好？」

她頓了一會兒，再回到他的臂彎中。手風琴師奏起了熟悉的音符。她在他耳際哼起了那首曲子，他們緩緩起舞。那是記憶中的節奏，是一個丈夫只與妻子共同擁有的節奏。

你讓我愛上了你

當初我不想愛上你

當初我不想愛上你……

你讓我愛上了你

你一直都明白

你一直都明白……

他把頭轉回來一看，她又變成四十七歲，眼睛四周是細紋，頭髮稀疏了一些，下巴底下的皮膚鬆弛了一些。她微笑，他也微笑。對他而言，她仍然像以前一樣美麗。他閉上雙眼，終於說出了他從再見到她之後就一直想說的話：「我不想繼續走下去。我想留在這裡。」

等到他睜開眼睛，他的手臂仍然環著她的身形，然而她不在了，周圍的一切也不見了。

星期五，下午三點十五分

多敏蓋茲按下電梯裡的按鈕，電梯門發出沈而重的聲響，關上了。內門上的窗孔與外門上的窗孔相疊。電梯猛然往上移動。格狀玻璃外的大廳消失在他視線裡。

「真不敢相信這電梯還能動。」多敏蓋茲說：「這一定是一百年前的東西。」

在他身旁的男子是處理遺產問題的律師，他略略點了點頭，裝出很有興趣的樣子。男子脫下帽子——電梯裡通風不良，他正冒著汗呢；他並且抬頭看著黃銅壁板上亮著的數字燈。這是他今天的第三個約會了。再解決一個，他就可以回家吃晚飯。

「艾迪的遺物不多。」多敏蓋茲說。

「嗯，」男子用手帕擦了擦額頭上的汗：「那麼應該花不了多少時間。」

電梯彈了一下停住，電梯門又發出低沈的聲響，打開。兩人移步往六B走去。走廊上仍然鋪著一九六〇年代的黑白相間方格地磚，而且飄著菜香——大蒜香，還有炸馬鈴薯的味道。下個星期三，要把這地方清理乾淨，租給新的房客。

「哇……」多敏蓋茲打開公寓大門，走進廚房時說：「以老人家住的地方來說，這裡眞夠乾淨了。」洗滌槽很乾淨。流理檯很乾淨。天曉得，多敏蓋茲心想，他自己家裡可從來沒這麼乾淨過。

「有沒有財務文件？」男人問道：「銀行對帳單？珠寶？」

多敏蓋茲想到艾迪穿金戴銀的模樣，差一點笑出來。他發現自己好想念這個老頭子，碼頭少了他感覺眞奇怪，少了他咆哮下令，少了他像個母鷹一般盯著大小事情。他們還沒清理艾迪的置物櫃。沒有人有那個勇氣。大家就讓艾迪的東西留在維修房裡，擱在原來擺著的地方，彷彿他明天就會回來上班了。

「我不曉得。你要不要去臥室找一找？」

「梳妝台嗎？」

「對。你知道嗎，其實我自己也只來過他家一次。我對艾迪的認識眞的只限於工作方面。」

多敏蓋茲彎身，橫過餐桌，從廚房的窗戶往外瞥。他看到了老舊的旋轉木馬。他看看自己的手錶。剛才說起了工作嘛，他暗自想道。

律師打開臥室梳妝台最上層的抽屜。他推開好幾雙襪子捲，那些襪子都是一隻套著另一隻，每一雙捲得整整齊齊；還有內衣褲，全是白色的四角短褲疊在腰帶旁邊。在這些衣物底下塞了一個老舊的盒子，盒身以皮革固定，看起來很古板的東西。他輕輕一撥，打開了盒子，巴望趕快找到他想找的東西。他皺起了眉頭。盒子裡沒有貴重東西。沒有銀行對帳單。沒有保險單；只有一枚黑色的蝶形領結，一張中國餐館的菜單，一副老舊的撲克牌，一封附有軍人勳章的信函，還有一張拍立得照片，照片裡的蛋糕旁邊有個男人，身邊圍著一群孩子。

「嘿，」多敏蓋茲在另一個房間喊道：「這會不會是你要找的東西？」

多敏蓋茲拿著一大疊他從廚房抽屜找出來的信封，來到臥室。那疊信封裡，有一些是當地一家銀行寄來的，有一些是從退伍軍人管理局寄來的。律師翻了翻，也沒細看便說：

「這樣就夠了。」他抽出一封銀行對帳單，把數字記在腦子裡。然後，他心上又浮現了他在這類探訪行程中常常會產生的心得：他暗自慶幸自己擁有一套搭配了股票和債券的投資組合，還有一套既有的退休計畫，那些絕對好過這個可憐的傢伙，身後沒什麼東西能見人，只有一間乾淨的廚房。

在天堂遇見的第五個人

白色。只有白色。沒有地，沒有天，沒有天地之間的地平線。只有一片純潔而寧靜的白，有如最寂靜的黎明時分落下最深的雪，安靜無聲。

艾迪一眼望去全是白色；所聽到的，只有自己吃力的呼吸聲，以及呼吸聲的回音。他吸氣，便聽見一聲更響的吸氣聲；他呼氣，接著也有一聲呼氣聲隨之而來。

艾迪閉緊雙眼。當你知道你打不破寂靜，那種寂靜就更難以忍受。此刻艾迪知道眼下的寂靜無法打破。他的妻子走了。他是那麼想留在她身邊，哪怕多待個一分鐘、半分鐘、五秒鐘都好，然而他不能伸手抓住她，不能呼喚她，不能向她揮手，甚至無法端詳她的照片。他覺得自己彷彿摔下了好幾階的樓梯，癱在最底階。他的心裡空空洞洞。他毫無生氣。他就這樣軟綿綿懸在這個空間裡，毫無生氣，好像掛在勾子上，好像全身的體液都從他身上的洞鑽了出來。

他也許已經懸在這兒一天，或者一個月了。也可能已經一個世紀之久。

一直到響起了一個微小但是縈繞不去的聲音，他才醒來，睜開沈重的眼皮。他到過天堂裡的四處，見過了四個人，每一個人出現的方式都很神奇，然而他覺得眼前的狀況很不一樣。

聲音的震動又傳來了，這次更響。艾迪出於一輩子的防衛本能，握緊了拳頭，竟發現右手握了一把手杖。他的手臂長了一塊一塊的老人斑，手指甲小而泛黃。他光禿禿的腿上長了紅色的疹子——帶狀泡疹，那是他還在人世的最後幾星期裡長出來的東西。他轉頭不看自己老了的樣子。就人類的算法來說，他這副身子已經形同風中殘燭了。

現在那聲音再度傳來，音頻很高，聲音裡夾著間歇的尖叫。艾迪活著的時候，曾經在夜半惡夢中聽過這個聲音，而回憶使他顫抖：那個村莊，那場大火，史米提，以及這個聲音，這個當他試著要開口說話、卻從自己喉嚨裡冒出的長而尖銳的咯咯聲。

他咬緊牙，彷彿這麼做就可以阻斷那個聲音。然而那聲音繼續響著，像是一個沒人理會的警報器；它一直響到艾迪對著這片令他窒息的白色空間大喝一聲：「是誰？你要幹嘛？」

此話一出，那個高頻的聲響轉成背景聲音，疊上了第二個聲響，那是一種鬆散而持續的股轆股轆的聲音——那是河水奔流的聲音——眼前這片白色世界收縮成爲一個光點，映在波光粼粼的水面上。艾迪腳下出現了地面。他的手杖碰到了某個實心的東西。他高高站在一道堤岸上，微風吹過他的臉，薄霧爲他的皮膚帶來濕潤的光澤。他往下看，在河裡看見了那個縈繞不去的尖叫聲的源頭，於是他放心了，然而他漲紅了臉，像一個緊握著球棒但最後發現並沒有人闖進家裡的男人。這個聲音，這個尖叫、呼嘯、長鳴、隨意的喊叫，原來只是孩童嬉戲時的喊叫聲所組成的雜音；河裡有幾千個小孩嬉鬧著，潑水尖叫，發出天眞無邪的笑聲。

這就是我一直夢到的情景嗎？他心想。一直以來都是這個嗎？爲什麼是這個？他打量那些小小身軀，有些蹦蹦跳跳，有些涉水而行，有些提著水桶，有些在高處的草地上打滾。他注意到眼前景象裡的平靜氣氛，沒看到孩子們常有的打鬧場面。他還注意到一些別的。沒有大人。甚至沒有青少年。這裡全都是皮膚呈深木頭色的幼童，他們好像自己照顧自己，沒有人打理。

有個巨大的白色圓石吸引了艾迪的視線。圓石上站著一個細瘦的小女孩，她落了單，面朝艾迪的方向。她兩手打著手勢，對他揮手。他有些猶豫。小女孩露出微笑，又揮了揮手，而且點了點頭，彷彿在說，沒錯，就是你。

艾迪把手杖往下伸，探著斜坡往下走。他踩滑了。那個不中用的膝蓋。他的雙腿不聽使喚。然而，他就要摔到地上的時候，感覺到一陣突如其來的疾風對著他的背部直吹，他急速向前移，站直了腳；然後，他就這樣站在一個小女孩面前，彷彿他一直站在那裡。

今天是艾迪的生日

他五十一歲。這天是星期六。第一個沒有瑪格麗特相伴的生日。他用紙杯沖泡了不含咖啡因的咖啡，配兩片抹了人造奶油的土司麵包。妻子發生車禍之後的幾年，艾迪都不願意過生日。他說：「我爲什麼一定要記住這個日子？」可是瑪格麗特非常堅持。她烤蛋糕，邀請朋友來，而且每年一定買一袋太妃糖，並在袋口繫上絲帶。

「你不能拋開你的生日呀。」她會這麼說。

如今她去世了，艾迪試著自己過生日。白天工作時，他把自己綁在雲霄飛車上，在高處，孤獨一人，像個登山客。晚上，他窩在公寓裡看電視。早早上床睡覺。沒有蛋糕。不請客人。只要你覺得稀鬆平常，就根本不難表現出稀鬆平常的樣子。因放棄而來的蒼白黯淡，成爲了艾迪生活的顏色。

他六十歲。星期三。他一早就到了維修房。他打開棕色紙袋裡裝著的午餐，從三明治上撕下一小片波隆納香腸，把香腸勾在魚勾上，然後連勾子帶細線一起扔進了釣魚洞裡。他注視著香腸浮動擺盪。最後，香腸消失在大海裡。

他六十八歲。星期六。他把藥丸攤在流理台上。電話鈴響了。是他哥哥，喬，從佛羅里達州打來，祝艾迪生日快樂。喬聊到了他的孫子。喬說起了一間大型社區式的公寓。艾迪一直「嗯」「嗯」，大約說了五十次「嗯」。

他七十五歲。星期一。他戴上眼鏡，查看維修報告。他發現前一天晚上有人没來上班，注意到「扭扭擺擺蟲蟲大冒險」還没有做煞車測試。他嘆口氣，從牆上抓起一張標語牌「本設施維修中，暫時關閉」，然後帶著這塊牌子走過木板步道，來到「扭扭擺擺蟲蟲大冒險」

的入口，他要親自測試煞車盤性能。

他八十二歲。星期二。一輛計程車開到了遊樂園入口。他滑進前座，把手杖揣在身後。

「大部分的人喜歡坐在後座。」司機說。

「你不介意我坐前座吧？」艾迪問。

司機聳了聳肩：「不會。我不介意。」艾迪直直看著前方。他沒對司機說，坐在前座比較有開車的感覺，也沒說，自從兩年前當局不肯發放駕照給他到現在，他都沒有開車。

計程車把他送到了公墓。他先去看母親的墳，再去看哥哥的墳。他只在父親的墳前站了一下子。他照例把妻子的墳留到最後。他拄著手杖，彎腰，端詳著墓碑，心上浮起許多事。太妃糖。他想到太妃糖。他心知，嚼太妃糖會把他牙齒連根拔起，可是，如果在她墳前吃就意味著跟她一起吃，那麼不管怎樣他都要吃太妃糖。

最後一個功課

小女孩顯然是亞洲人，年約五、六歲，一身漂亮的肉桂色皮膚，頭髮是紫藍色，鼻子小小塌塌，嘴唇豐厚，咧成開心的嘴形，遮著她有缺口的牙齒。最引人注目的是她的眼睛，黑得像海豹皮，細細一圈眼白圈住了瞳孔。她微笑著，開心拍著手，一直拍到艾迪朝她踏近。於是她自我介紹。

「塔拉。」她說出自己的名字，雙掌蓋在胸口。

「塔拉。」艾迪重複道。

她微笑著，彷彿在玩遊戲。她指指自己身上的繡花衫，從她肩膀垂掛下來，被河水弄濕了。

「巴羅。」她說。

「巴羅。」

她碰了碰裹住軀幹與雙腿的紅色針織衣物。

「撒亞。」

「撒亞。」

接著是她腳上那雙像是木屐的鞋——「巴克亞」。然後是她腳邊七彩斑斕的貝殼——「卡畢茲」。接下來是竹子織成的蓆子——「巴尼格」，蓆子就鋪在她面前。她作勢請艾迪坐在蓆子上，然後她也坐了下來，雙腿在身下彎曲。

其他孩子似乎都沒有注意到他們。那一大群孩子，潑水的潑水，翻滾的翻滾，在河裡撿石頭的撿石頭。艾迪看到一個小男孩拿石頭往另一個男孩身上摩搓，往他的背擦下去，還擦腋下。

「洗澡。」小女孩說：「我們的伊納以前也會這麼做。」

「伊納？」艾迪說。

她看著艾迪的臉。

「就是媽媽。」她說。

艾迪一輩子聽過多少小孩子說話，可是眼前這個孩子的聲音裡，絲毫聽不出一般孩子對大人說話時會出現的猶豫語氣。他覺得奇怪，這個小女孩與其他孩子們，是不是自己選擇了要來到這片河岸天堂，還是說，因爲孩子們的人間記憶很短，所以挑了這樣一個安詳的地方給他們。

她指了指艾迪的襯衫口袋。他低頭一看。是清煙斗用的通條。

「這個嗎？」他抽出鐵絲通條，把它們扭轉彎摺，就像他在碼頭上那些年裡所做的動作。她跪起身，想看清楚製作的過程。他的雙手發抖。

「妳看，這是……」他完成最後一道彎摺：「……一隻狗。」

她接過來，露出笑容——那是艾迪已經看過成千上萬次的笑容。

「喜歡不喜歡？」他說。

「你把我燒死了。」她說。

艾迪覺得下巴一緊。

「妳說什麼？」

「你把我燒死了。你害我好痛。」

她的聲音很單調，就像個背誦課文的小孩。

「我伊納叫我躲在尼帕裡面。我伊納說要躲起來。」

艾迪放低了聲音，一字一字說得又慢又謹慎。

「妳……要躲著不讓誰發現呢，小妹妹？」

她撥弄著那隻用煙斗通條做成的小狗，然後把它浸入水中。

「桑達隆。」她說。

「桑達隆？」

她抬頭看他。

「士兵。」

這幾個字像一把刀抵在艾迪舌頭上。那些畫面很快閃過他的腦海。士兵。爆炸。摩頓。史米提。小隊長。噴火器。

「塔拉……」他低語。

「塔拉。」她微笑著說出自己的名字。

「妳爲什麼會在這裡，爲什麼在天堂裡呢？」

她放下了那隻玩具小動物。

「你把我燒死了。你害我好痛。」

艾迪覺得眼睛後方一陣猛擊。他的腦袋裡急速奔騰。他的呼吸變得急促。

「當時妳在菲律賓……那個人影……在那間小屋裡……」

「在尼帕裡。伊納說，在那裡很安全。在那裡等她。很安全。後來有好大的聲音。好大的火。你把我燒死了。」她聳了聳窄小的肩膀：「不安全。」

艾迪嚥了嚥口水。他的雙手顫抖。他深深望著小女孩的黑色眼睛，試著微笑，彷彿微笑正是小女孩需要的良藥。她也回他一笑，可是她的笑竟讓他崩潰了。他的臉垮下來，埋進自己的手掌心裡。他的肩膀與肺都投降了。那團遮蔽他多年的黑暗，到頭來還是出現了，這是活生生的血肉之軀，這個孩子，這個可愛的孩子，被他殺了，他把她燒死了，那場他多年來揮之不去的惡夢。他活該做那些惡夢。他那時候確實看到了東西！火焰中的人影！他親手殺了人！這雙可惡的手！淚水從他的指間滲出，他的靈魂似乎墜入了深淵。

他嗚咽哭了起來，而他從內心響起了他從未聽過的嚎叫聲，從肺腑發出，撼動了河水，震驚了天堂裡的霧氣。他的身體抽搐，他的腦袋猛烈搖晃；他的嚎叫聲漸漸變成了祈禱般的語調，在呼吸急促的告解之中吐露出字字句句：「我殺了妳……我殺了妳。」接著是一聲很輕很輕的「原諒我」，然後是「原諒我吧，上帝……」，最後他說：「我到底做了什麼……我到底做了什麼？……」

他哭了又哭，哭到眼淚流盡，哭到抽噎不停。然後，他默默搖擺著身體，前後擺動。他跪在蓆子上，面對這個黑頭髮的小女孩，看她在潺潺河水的岸邊把玩著那隻用細鐵絲煙斗通條摺成的小動物。

到了某一刻，艾迪的劇痛平靜了下來，他發覺有人拍著他的肩膀。抬頭一看，塔拉把手裡的石頭伸向他。

「你幫我洗澡。」她踏進水中，轉身背向艾迪。然後她把身上的刺繡衫拉高，脫了下來。

艾迪往後一縮。小女孩的皮膚受到嚴重無比的灼傷，軀幹與窄肩都呈黑色，燒得焦黑而且起了水泡。當她轉過身來，那張美麗、無邪的臉上，滿是奇形怪狀的傷疤。她的嘴唇下垂。只有一隻眼睛睜開。她的頭髮因爲頭皮灼傷而掉光了，此刻佈滿了顏色斑駁而堅硬的疙瘩。

「你幫我洗澡。」她又說了一次，伸出手中的石頭。

艾迪硬著頭皮，走進水裡。他接過石頭。手指發抖。

「我不知道要怎麼洗……」他囁嚅著說，聲音小得幾乎聽不見：「我沒有養過孩子……」

她抬起她焦黑的手，艾迪輕輕握住，然後拿著石頭在她的手臂上慢慢摩擦，直到傷疤開始鬆脫。他稍微用力一些；傷疤脫落了。他把動作加快，直到焦黑的皮肉剝落，露出了健康的皮肉。接著他把石頭翻了面，摩擦她骨瘦如柴的背，她窄小的肩膀，她的頸背，最後是她的臉頰、額頭，以及耳朵後面的皮膚。

她往後靠進他懷裡，小腦袋擱在他的鎖骨上休息，閉上眼睛，彷彿打起盹了。他輕柔沿著她眼皮四周刮著。然後刮擦她下垂的嘴唇，她滿是疙瘩的頭皮，刮到紫藍色的頭髮又從髮根裡長了出來。他最初看到的那張臉，又重新展現在他眼前。

她睜開眼睛的時候，眼白閃閃發光，像燈塔一樣明亮。「我是五。」她輕聲說。

艾迪放下石頭，由於短促的呼吸而發抖：「五……呃……你五歲嗎？」

她搖搖頭。她伸出五隻手指，把五隻手指抵著艾迪的胸膛，像是在說，是你的五。你遇見的第五個人。

一陣暖風吹來。一滴淚滑下了艾迪的臉龐。塔拉看著那滴淚，模樣就像一個小孩子在端詳草地裡的甲蟲。接著，她對著兩人之間的空隙，又說話了。

「為什麼難過呢？」她說。

「我為什麼難過？」他輕聲說：「妳是指這裡嗎？」

她往下指：「在那裡。」

艾迪啜泣，最後一次空虛的啜泣，彷彿他的胸腔已經空空如也了。他拋開了所有的界線；不再用長輩對小孩的方式說話。他說出了他一直想說的話，對瑪格麗特，對露比，對小隊長，對藍膚人，而更是對他自己說話。

「我難過，是因為我這輩子沒有盡心盡力。我一文不值。我一事無成。我徬徨迷失。我覺得自己根本不應該活著。」

塔拉從水裡拉回那隻細鐵絲小狗。

「應該活著。」她說。

「在哪裡？在露比碼頭嗎？」

她點點頭。

「修理遊樂器材？那就是我活著的意義？」他深深吐出一口氣：「為什麼？」

她偏著頭，彷彿答案顯而易見。

「小孩子，」她說：「你保護小孩子的安全。你在我身上就做到了。」

她拿著那隻小狗在他的襯衫上滑上滑下。

「那裡就是你應該存在的地方。」她帶著淡淡的微笑，碰一碰他上衣的那一塊繡布，補了一句：「艾迪・維修先生。」

艾迪突然跌坐在湍急的河裡。那一顆顆代表他人生故事的石頭，現在全都在他身邊，在水面下，一塊一塊疊起。他可以感覺到自己的形體正在消融，他意識到自己的時間所剩無多，不管在遇見了這五個人之後還會發生什麼事，總之就要來了。

「塔拉？」他低聲喊道。

她抬起頭來。

「碼頭上的那個小女孩呢？你知道她的事嗎？」

塔拉凝視著自己的指尖。她點點頭。

「我到底救了她沒有？我有沒有把她拉出來？」

塔拉搖頭：「沒有拉。」

艾迪渾身顫抖。他垂下頭。就這樣。這就是他的故事結局。

「推。」塔拉說。

他抬頭：「推？」

「推她的腿。沒有拉。你用推的。好大的東西掉下來。你保護了她的安全。」

艾迪閉上眼睛，不肯接受：「可是，我感覺到她的雙手。」他說：「那是我唯一記得的事。我不可能推她的。我摸到了她的手呀！」

塔拉微笑，用手舀起河水，然後伸出她細瘦又濕淋淋的手指，放進艾迪那雙大人的手掌心裡。他立刻明白這是發生過的事。

「不是她的手，」她說：「是我的手。我帶你來到天堂。保護你的安全。」

話才說完，河水迅速上漲，漫過了艾迪的腰，胸，肩膀。他還沒能再吸一口氣，孩子們嬉戲的聲音就消失在他的上方。他則被一道強勁卻無聲的水流淹沒了。他的手仍然抓著塔拉的手，可是他感覺到自己的身體正逐漸被沖出靈魂，筋肉逐漸離了骨骼，所有他曾經埋在心底的痛苦與疲倦，每一道傷疤，每一處傷口，每一段不愉快的回憶，也全部一起沖走了。

他現在非常渺小了，像是水中的一片葉子，塔拉溫柔牽著他，通過暗處與亮處，通過藍色、象牙色、淡黃色與黑色的陰影。他領悟到，這些顏色是他一生中的心情寫照。塔拉把他往上拉，衝出一片廣大的灰色洋面，而他則沐浴在輝煌的光芒之中，身下是一個幾乎想像不到的景象：

有一座擠了幾千人的碼頭，有男有女，有父母子女，有好多好多小孩——過去的與現在的孩子，尚未出世的孩子，肩並著肩，手牽著手，戴著運動帽，穿著短褲，在木板步道上，在遊樂器材的列車上，在木造月台上，坐在彼此的肩上，坐在彼此的大腿上。他們就在那裡，或者說，將會在那裡，正因爲艾迪一生中所做的簡單而平凡的工作，因爲他預防了意外的發生，因爲他維護了遊樂器材的安全，因爲他每一天都在不起眼的巡園工作裡發揮了作用。雖然孩子們的嘴唇紋風未動，艾迪卻聽見了他們的聲音；聲音多得無法想像，一股他從來不知道的祥和心情降臨他的心中。現在，他離開了塔拉的掌握，往上飄浮，飄到了沙灘上方，飄到了木板步道上方，飄到了大帳篷頂端與園區中央螺旋塔的上方，朝著那座巨大的白色摩天輪頂端飄去，頂端的一節車廂正緩緩搖晃著，裡面坐了一位身穿黃色洋裝的女人——他的妻子瑪格麗特正伸出雙手等待著。他也伸手握住她，看見了她的微笑，那一大群孩子們的聲音，共同成爲上帝所說的一個字：

家。

尾聲

意外發生三天後，「露比碼頭」遊樂園重新開放了。艾迪死亡的報導，在報紙上登了一個星期，之後便由其他人士的死亡消息取而代之。

名爲「佛萊迪自由落體」的那座遊樂設施，一整季都沒有開放，到了隔年才又以新的名字重新使用，新名稱叫做「膽大包天失速空降」。青少年把這項遊樂設施視爲膽量勳章，很多遊客前來乘坐，遊樂園的老闆非常滿意。

艾迪住的公寓，那間他由小住到大的公寓，租給了新的房客。新房客在廚房的窗戶上安裝了大格子圖案的窗玻璃，往外看出去，那座老舊的旋轉木馬變得模糊了。同意接任艾迪職務的多敏蓋茲，把艾迪的幾樣遺物放在維修房裡的某個行李箱裡，與幾個「露比碼頭」的紀念物品收在一起，包括幾張「露比碼頭」當年的原始入口的照片。

那個尼基，就是他的鑰匙截斷了鋼索的尼基，他掉了鑰匙的那天回到家後又去打了一把新的鑰匙。那之後四個月，他把車賣了。他常常回「露比碼頭」玩，每次他都在遊樂園裡向朋友吹牛，說這座樂園的名稱得自他的曾祖母。

春去秋來。每逢學校放假，白晝漸長，大批遊客就會來到這座傍著一片灰色海洋的遊樂園來——這片海比不上其他遊樂園旁邊的海洋那樣遼闊，但也夠寬了。夏天來臨，心情轉換，海邊用它波浪的歌謠向眾人散發吸引力，遊客群聚，等著坐旋轉木馬，等著坐摩天輪，等著買甜甜冷飲，等著買棉花糖。

大家在「露比碼頭」裡排隊——這裡也像某個地方一樣有人在排隊：每一行有五個人等待著，帶著五段不同的回憶，等待一個名叫艾美或安妮的小女孩，等待她長大成人，走入愛情，增添歲數，離開人世，最後再解答她的疑惑——為什麼她會活在人世間，她活著又是爲了什麼理由。在那個隊伍之中，現在多了一個留著鬍鬚的老先生，他頭戴亞麻便帽，鼻子彎曲變形，他等在一個叫做「星塵快艇」的地方，準備說出屬於他那一環的天堂秘密：每一個人都會對另一個人造成影響，另一個人又對其他人造成影響，這整個世界充滿了故事，然而所有的故事共同串連成一個完整的故事。

誌謝

作者要感謝「美國娛樂廣場」(Amusements of America)的維尼•科奇與聖塔摩尼卡碼頭(Santa Monica Pier) 的「太平洋遊樂園」(Pacific Park) 營運總監妲娜•懷亞特。他們對於本書的研究工作所提供的協助彌足珍貴，他們在保護樂園遊客安全方面所擁有的傲人成果也值得讚揚。

另外要感謝亨利福特醫學中心 (Henry Ford Hospital) 的大衛•克隆博士，他提供了戰爭身心傷害方面的資訊。

還要謝謝凱麗•亞歷山大，她大小事一手包辦。我想向鮑伯•米勒、艾倫•亞契、威爾•施瓦爾勃、萊斯利•威爾斯、珍•寇明斯、凱蒂•朗恩、麥可•勃金與菲爾•羅斯致上最深的謝意，謝謝他們對我的鼓勵。謝謝大衛•布萊克，他維持著經紀人與作者之間應有的良好關係。謝謝潔寧耐心聆聽這本書的朗誦，而且聽了好多遍。謝謝蓉妲、艾拉、卡拉和彼得，他們是我第一次乘坐摩天輪時的同伴。謝謝我的舅舅，也就是眞實人物版的艾迪，早在我講述我自己的故事之前，他便把他自己的故事告訴了我。

國家圖書館出版品預行編目資料

在天堂遇見的五個人／Mitch Albom 著；
栗筱雯譯.— 初版— 臺北市：大塊文化，
2004［民 93］ 面； 公分.（Mark 48）
譯自：The Five People You Meet in Heaven
ISBN 986-7600-79-7 (平裝)

874.57 93018643

LOCUS

LOCUS

LOCUS

LOCUS